U0025822

櫻花莊的寵物女孩 5.5

鴨志田一
Hajime Kamoshida
插畫●溝口ケージ
illustration●Keji Mizoguchi

空太決死隱瞞真白沒穿內褲的事!?
──「神田空太日常的一天」
『一起洗澡……
妳是打算叫我做什麼啊!』
神田空太
普通科二年級生，
住在101號室。
志向是成為遊戲
開發者。
椎名真白
美術科二年級生，
住在202號室。
以漫畫家的身分
活躍中。
『我覺得跟空太一起
洗澡比較好。』

水高三年級生們的戀愛故事……？
——「三鷹仁邁向成人的階梯」
「不准叫我皓皓。」
姬宮沙織
音樂科三年級生，
美咲的朋友。
綽號是「皓皓」。
「啊～～嗯。」
上井草美咲
美術科三年級生，
住在201號室。
在校園裡也是
有名的怪人。

「約會!?才、才不是那麼回事。」
青山七海
普通科二年級生，住在203號室。在聲優訓練班上課。
七海想邀請空太在聖誕夜一起去看舞台劇？
——「青山七海少女的聖誕節」

「一年級的空太好可愛。」
描寫空太「在櫻花莊登場」的三天，
以及與變態們的相遇。
——「住了就是好地方的櫻花莊？」

「我沒有要找女僕，請把龍之介交出來。」
麗塔・愛因茲渥司
真白在英國時的室友，也是位畫家。
「今天是聖誕夜啊。」
赤坂龍之介
普通科二年級生，住在102號室，程式設計師。

各自的情感，各自的聖誕夜。
——「另一個聖誕夜」
千石千尋
櫻花莊的監督職員。
美術老師。
「我……果然做錯了什麼吧。」
三鷹仁
普通科三年級生，
住在103號室。
志向是成為劇本家。
「我想要幸福。」
「我想要男朋友～～」
白山小春
與千尋從學生時代就是
好朋友。國文教師。

CONTENTS

Kadokawa Fantastic Novels

季節荏苒。

哭泣、嬉笑、喧嚷、玩鬧……

春天到來，夏天到來，秋天到來，冬天到來。

在櫻花莊荏苒流轉。

在這樣的日子前方等待著的，是新來臨的春天。

神田空太日常的一天

「啊～～好累～～」

神田空太將身體深深泡進澡盆裡，一邊沉浸在療癒身體的溫暖中，一邊不自覺地發出像大叔的聲音。沒出息的聲音在浴室裡迴盪著。

這個四月升上了二年級，新學期開始已經過了三個星期。讓人累積疲勞的原因實在很多，像是要記得新同學的名字；對變得更艱澀的授課內容感到頭痛；必須認真思考未來的志向等。

不過，讓空太每天晚上在浴室裡變成大叔的元凶，卻另有其人。

「啊～～真的好累～～」

洗了兩、三次臉，再度發出嘆息般的聲音。

接著，浴室的門毫無預警地從外面被打開。

目瞪口呆的空太視線所捕捉到的，是一位面無表情站在那裡的少女。她的姿態清秀而纖細，而且看來飄渺虛幻，飄盪著讓人不禁覺得只要一眨眼，她就會像雪般溶解消失的危險氣息。另一方面，大概是因為五官分明、眉目堅毅的關係，也感覺得出她堅強的意志，實在是不可思議。

這種不平衡的感覺，很吸引人的注意。

這樣的少女，一身毫無防備的睡衣姿態，從浴室門口不為所動地俯視張嘴裸著身體的空太。

「空太。」

還沒做出回應，空太立刻先挺起身子遮住下半身，緊抓住澡盆的邊緣。雖然這樣看起來像從紙箱裡探出頭來的棄貓，不過現在也管不了了。

「為什麼妳在這種狀況下還能一副若無其事的樣子！」

空太的聲音幾乎變成慘叫了。

「我想過了。」

「我不丟個臉盆妳是不會了解的嗎！」

少女對此絲毫不在意，繼續自己的談話。

「我覺得……」

「不要擅自繼續講下去！」

「跟空太一起洗澡比較好。」

「一起洗澡……妳是打算叫我做什麼啊！」

「幫我洗。」

「洗哪裡！怎麼洗！」

「全身上下。」

空太不由得開始想像在浴室裡滿身泡沫與真白玩鬧的自己。

「光是妳這發言，我都快流鼻血了！」

這名連續顯露出莫名其妙言行舉止的少女，就是每天從早到晚把空太耍得團團轉，無論是物理面或精神面，都把空太的活力連根拔起、令人疲累的罪魁禍首。

她的名字是椎名真白。

從今年四月起，搬進空太所住的水明藝術大學附屬高等學校的學生宿舍——櫻花莊，是來自英國的歸國子女，也是在全球受到好評的天才畫家。她的才能是從她很小的時候開始，便在特別的生活環境中所培育出來的，甚至可以說她從出生至今的十六年之間，都只為了作畫而存在。

因為這樣，真白完全沒有習得一般常識的機會，才會像這樣理所當然地打開有異性正在使用的浴室的門。

「沒有流鼻血啊。」

「我只說快要流鼻血了！妳的腦袋到底是怎麼回事啊！」

「並沒有什麼特別奇怪的地方。」

「哪裡沒有！會打開浴室的門！往學校的路上還會迷路！去買東西還沒付錢就先吃了！討厭的食物還會默默地就放到我的盤子裡！完全不顧旁人的眼光！如果我不準備換穿的衣服就會直接裸體睡著的人，在這個世界上不叫做普通啦！」

這三個星期以來所獲知的真白非常識的生態，實在不勝枚舉。光是回想起來，腦袋都要變不正常了。而且糟糕的是，真白似乎不覺得自己奇怪。證據就是面對空太正確的指摘，她仍一臉認真地如此回應：

「空太，你在說什麼？」

她這個樣子，當然沒辦法自己一個人過像樣的生活，所以在她來到櫻花莊的隔天，就因為空太的提案而決定了「負責照顧真白」這個工作。然後，拚了命的抵抗也是枉然，被選上擔任這個重要工作的，就是櫻花莊唯一有常識的人——空太。

櫻花莊原本就是特別宿舍，聚集了在一般宿舍共同生活中格格不入的學生，除了生活白癡真白以外，像是外星人、外宿帝王、極度足不出戶的繭居族等，都是些充滿個性的人。就連身為監督人員而住在一起生活的教師，也是個放任主義的嫌麻煩者，完全不可靠。

現在男女共有六個人同住在一個屋簷下。

空太之所以會來到櫻花莊，是因為在嚴禁養寵物的一般宿舍裡飼養棄貓的緣故。如果能夠找到飼主，就能跟櫻花莊說再見了。只是沒想到這半年來，貓咪的數量不但沒減少，不知為何還反而增加到七隻。脫離問題學生的巢穴、重拾平穩日常生活的道路，無止境而漫長。

「我覺得一起洗澡比較好。」

「駁回！」

「為什麼？」

「因為我是男性，而椎名是女性！因為我們彼此正值青春期！再去給我好好想一想！」

「我知道了。我會考慮看看的。」

真白一臉思考的表情轉過身，終於離開了這裡。當然，浴室的門還是開著的。

「這是新的霸凌手法嗎……如果是夢，真希望快點醒過來……」

空太沒辦法，只好自己關上門。

再次將身體浸入澡盆裡，語重心長地告訴自己，想獲得身心的安寧，只有脫離櫻花莊一途。

1

隔天早上，設定六點半的鬧鐘鈴響之前，空太就因為吃了一記焦茶色虎斑貓小町的貓拳而從睡夢中醒來。

餵七隻貓吃早餐後，空太也一邊吃著早餐，一邊為挑食的真白做便當。完成之後，叫醒在自己房間的桌子底下睡得香甜的真白，把要換上的制服遞給她。

五分鐘之後，從房裡走出來的真白一身引人遐想的裝扮。沒穿背心，襯衣的釦子也只扣了一半。從胸前敞開的縫隙，隱約看得到水藍色的內衣跟看起來很柔軟的白皙肌膚。空太慌慌張張地移開視線，才發現她襪子只穿了一邊……

「這是哪來的時尚品味啊！」

不知目光該往哪裡擺，空太要她把釦子扣上，襪子則是讓她坐在床上，由空太幫她穿上。

接著用吹風機調整亂翹的頭髮，再讓她去洗臉。吃完早餐後，便與真白一起上學去了。

即使在路上也絲毫不能鬆懈，稍微不注意，真白就會搖搖晃晃地走偏上學路線。

「學校在那邊。」

「在這邊啦！」

這種情況讓空太抵達學校時，已經累垮了。

拚命移動沉重的身體，在鞋櫃換上室內拖鞋。一邊收好鞋子，慎重起見也往真白的方向確認一下。正如所料，真白沒注意裙襬，正為了穿室內拖鞋而彎著腰。

「椎名，會看到喔。」

「看到什麼？」

真白維持彎腰的姿勢轉過頭來。因為這樣，裙襬又更往上移動。

「哇，笨蛋！」

即使一邊說著一邊把臉別開，空太的視線還是確實地投向少女的花園。男孩子可悲的天性。

多虧如此，空太才得知令人震驚的事實。

準備真白的衣服，是「負責照顧真白」的空太的任務，所以就連內衣褲都是空太挑的。空太知道今天是樣式簡單的水藍色內褲，因為搭配的人就是他。

但是，不同於那樣的景象卻飛進了空太的視野裡。

應該要有的東西卻不存在，只有連綿不絕的膚色。看到的東西是臀部，簡單來說，就是真白沒穿內褲。

「咦？喂！椎名！」

空太慌張地拉住真白的手，讓她站起身。

「我、我說妳啊！到、到、到底在幹什麼！」

「嗯？」

「還『嗯？』咧！過來這裡！」

為了避開周圍的目光，空太把真白帶到走廊的角落。

「這個是那個嗎？因為什麼宗教的理由，所以今天要這樣嗎？」

「……」

真白一副茫然的樣子。

「還是什麼養身之道？」

果然還是一臉不懂的表情。

「我是說，那個，下……」

「……」

真白照著空太所說的看著下方。短暫的沉默。接著，她抬起臉來繼續歪著頭。

「看來妳就是要我全部說出來就是了！」

「空太好怪喔。」

「知道這個事實，當然會變得很怪！感覺都快要昇天了！」

「不懂。」

「我～是～說～」

空太沒辦法，把臉湊近真白的耳邊，滿臉通紅地竊竊私語：

「妳沒穿內褲吧？」

怎麼會一大早就對女孩子說這種話呢？如果弄錯一步就會變成變態。

真白稍微想了一下，兩手抓住裙襬企圖掀起裙子。

「要是做那種事會被逮捕啦！」

空太拚命叫喊。

真白一副心不甘情不願的樣子，把抓住裙襬的雙手滑到裙子裡面，手伸到臀部一帶，摸著確認情況。

「那麼，怎麼樣？怎麼樣了？拜託妳，告訴我是我看錯了。」

「好像忘記穿了。」

眼前一片黑暗。

「要怎樣才會忘記這種事啊！妳到底是什麼樣的構造啊！我今天早上有準備換穿的衣服吧？內衣褲也有準備吧？」

「因為我在想事情。」

「妳說什麼！」

「我說因為我在想事情。」

「妳在想什麼比內褲還重要的事？這世上有存在那種東西嗎！妳今天一整天要怎麼辦！」

「大概跟平常差不多。」

「重要的部分跟平常可是差很多吧？」

「是這樣嗎？」

「就是這樣啦！」

「因為會著涼吧。」

「雖然這也是原因之一，不過這根本是小問題吧……」

沒辦法不在意在走廊上來往的學生們的目光。不分男女，視線總是會被真白端正的樣貌所吸引。要是被人發現了該怎麼辦？空太這麼一想，背後就開始冒冷汗。

「啊～～真是的！今天完全不行。現在馬上回家吧。」

空太果斷下決定的這瞬間，鈴聲響起。為了避免遲到，最後一刻進來的學生同時跑了起來。

與這股人潮逆向，空太抓著真白的手打算折返，卻有位教師擋在兩人的面前。

「好了，神田跟真白也趕快進教室去。」

這麼說完就掐住空太後頸的，正是在櫻花莊一起生活的美術教師千石千尋。現年二十九歲又十五個月。就各方面來說是個很麻煩的年紀。

她就這樣把空太拖往教室的方向。

「等一下，老師！今天不行！有世界危機發生了！」

「那種事情總會有哪個國家的大總統想辦法處理的。」

「可以交給別人做的話我也想這麼做，但是實在不行啊！」

畢竟他們不會為了這種局部地區的危機而跑來幫忙吧。

「好了好了，別再哇哇叫了，快過來吧！」

「拜託您，請等一下，老師！真的很危急啦！我是說真的！」

「真白也趕快去上課吧。」

「嗯。」

像是什麼事都沒發生似的，真白朝著與空太相反的方向走了出去，前往自己的教室。每走遠一步，裙襬便隨之搖晃。裙擺每搖晃一次，空太的嘴裡就發出嗚或哇的慘叫聲。心驚膽戰地噗通噗通跳個不停的心臟，現在也彷彿要爆裂開來了。

「不行啦……真的不行啦！我沒辦法帶著這個秘密活下去！我受不了這種極刑啦！」

空太悲痛的吶喊卻沒有人聽得到。

2

不妙。真的很不妙。豈止是不妙而已。

絕對可以斷言，這是人生最大的危機。

第一堂課是現代國文，空太比任何人都還要一臉認真地聽課。腦筋總動員去面對一個問題，這大概是從高中考試以來第一次吧。不，應該更勝那個時候。

握著自動鉛筆的手在顫抖。

不斷反覆在心中告訴自己要冷靜。好像哪個偉人曾說過，越是危機的時候越要冷靜。

「神田同學，想去廁所的話可以去。」

專任老師白山小春以甜美的聲音這麼說著。

「才不是！」

空太迅速回應誤會的小春。現在不能浪費時間了。

首先是客觀掌握問題。這麼一來，說不定就能察覺到什麼。沒錯。就這麼辦。

察覺事件大約是一個小時前的八點三十分。

第一發現者，是神田空太。也就是自己。

事發地點是出入口。

對象是椎名真白。

這個真白，今天早上沒穿內褲就來上學了。

上午九點三十分的現在這個時刻，下半身還是自由的狀態。

稱得上是極為危險的狀態。要是有任何閃失，世界就會毀滅。能夠打破這種狀況的人，只有自己。只能硬著頭皮幹了。

以上，確認狀況結束。

總之，必須緊急處理。要是真相被攤在陽光下，那瞬間所有的一切都會結束。無論如何，一定要以空太的力量守住秘密……一定要保護真白……整個腦袋已經滿滿都是真白沒穿內褲了。

「神田同學，忍耐對身體不好喔。」

「我都說不是了！」

空太一瞬間就讓煩人的現代國文老師閉嘴了。

不過，要是第一堂課上課中就被發現了該怎麼辦？如果變成那樣，之後的情報操作就會極為困難。只能讓知情的人消失。不過，要怎麼做？那當然是把對方叫到沒有人的地方……這種事怎麼辦得到？空太不過是一介高中生。

要是被發現，一切就完了。光是想像最糟的事態就覺得世界要從腳邊開始崩裂瓦解了。現在只能祈禱還沒被發現。

之後，一直到課堂結束之前，空太一直想著這些事。

總共被小春催促著去上廁所五次。終於，響起了課堂結束的鈴聲。

空太立刻從座位上起身，往走廊飛奔出去。

「什麼嘛～～果然是在忍耐不是嗎？」

空太雖然想回答「不是」，不過還是以任務為優先。目標是真白所在的美術科教室，在漫長的走廊上全力衝刺。

就像藝術大學附屬學校，水高裡除了以升學為目的的普通科以外，還開設了藝術系的美術科與音樂科。不論哪個科都是少數菁英的教育方針，名額只有十名左右。

雖然跟普通科是同一棟校舍，不過與空太的教室卻是在走廊最遠的兩端。

他氣喘吁吁地抵達美術科教室。

在靠窗的座位上，看到了真白的身影。橡皮擦從桌上掉落，察覺到的真白從座位上起身，準備撿起來。

眼看著她正要蹲下去。

「哇～～妳想做什麼啊！」

空太一邊叫喊一邊衝過去，在真白蹲下之前滑壘過去，撿起橡皮擦。

因為突然大叫，完全引起周圍的注目。美術科除了真白以外，沒有其他認識的人，空太覺得大家的視線像針扎般疼痛。

那就像是看著腦袋不正常的人的目光。

空太假裝沒發現，精神抖擻地站起來。

「妳的橡皮擦掉了喔。」

接著將橡皮擦放到真白的手裡。

「謝謝。」

「嗯，沒問題……話說回來，我說妳啊……」

空太壓低聲音，招手要真白把耳朵湊過來。

不知為什麼，真白卻握住了那隻手。

「我是要妳把耳朵借給我的意思。」

「空太。」

真白一臉認真，直直地看著空太。

「幹、幹嘛啊？」

「耳朵沒辦法借來借去的。」

空太被這麼說了一頓。

「我知道啦！我不是那個意思！不對，這根本就不重要，我要說的是……」

他一邊說著一邊注意周圍。要是被誰聽到可就糟了。

「什麼事？」

「妳清楚理解自己現在所處的狀況嗎？」

「嗯。」

「怎麼樣的理解？」

「狀況絕佳。」

「是因為從束縛中被解放了嗎？不是吧？別這樣吧……對了，椎名，把運動服穿上。」

「為什麼？」

「因為我的感覺才是這世界的基準！」

於是真白把兩手手心朝上，伸出雙手。

「這手是幹嘛？」

「運動服。」

「不，我可不知道椎名的運動服在哪裡喔。」

「空太不知道的話，那我也不知道。」

「咦？這世界的規矩是這樣嗎？」

「沒錯。」

「那怎麼可能啊！」

好不容易花了整整一堂課所想出來的運動服作戰，卻在意想不到的地方有圈套。空太即使想借出自己的運動服，也因為想拿去洗而在昨天就帶回家了，現在不在手邊。實在是太不湊巧了。

正在思考下一個辦法時，響起了代表休息時間結束的鈴聲。

「啊～～可惡！聽好了，椎名。」

「嗯？」

「總之，妳今天可要乖乖的喔？不可以蹲下或彎腰喔。橡皮擦掉了也不准撿喔？這些事全都交給我就好了。」

「我知道了。」

「真的知道了嗎？」

「真的知道了。」

「好，那麼，我就回教室去了。」

「嗯。」

空太小跑步離開美術科教室。在門口又回頭看一下，真白依然站著望向他的方向，四目相交時，真白輕輕揮了揮手。因為覺得不好意思，空太馬上又把臉別開。總覺得其他學生的目光意味深長，令人感覺很不自在。

正想趕快逃離時，外面吹來了一陣強風，貼在教室牆上的紙開始騷動。桌上的筆記本啪啦啪啦地翻頁，然後，真白的裙襬微微地飄動了起來。

「啊～～！」

空太的叫聲吸引了美術科教室裡學生們的視線。多虧如此，沒有人看著真白。除了空太……不過，實際上並沒有看到裙底風光。

「沒、沒事啦。啊哈哈哈。」

無數困惑的冷漠視線，同時也傳來吱吱喳喳竊竊私語的聲音。

「那個人從剛才就在幹什麼？」

「竟然膽敢那麼親密地找椎名同學講話，真是混帳東西。」

「就是說啊，為什麼那麼清秀又楚楚動人的椎名同學，會在櫻花莊啊？」

「椎名同學真是可憐，還得搭理那種人。」

硬要說的話，明明空太才是被害者，卻被說得很難聽。不過，因為大家不知道真白是怎樣的生活白癡，所以這也無可奈何。況且從剛才就發出怪聲、做出奇怪舉動引人注目的空太也沒有辯解的餘地。當然，雖然是有原因的，但總不能說出來。

不論自己如何被瞧不起，男人有時就是該緊緊閉上嘴。

空太想著不為人知地守護世界的英雄真是辛苦，一邊走出教室。

無力地垂著肩膀，帶著搖晃不穩的腳步回教室。

走廊上吹起春天惡作劇的風，彷彿在取笑這樣的空太。

「連上天都棄我於不顧嗎……」

事情發展至此，一定要馬上讓真白穿上什麼才行。

3

感覺時間彷彿永遠的第二堂數學課結束後，空太再度前往美術科教室。他帶著在窗邊座位上發呆眺望著窗外的真白，前往三年級的教室。

要跟一起在櫻花莊裡生活的三年級生上井草美咲借運動服。

空太剛開始本來打算自己一個人去，不過想到萬一發生真白的裙子掀起來之類的大慘事，突然害怕了起來，為了能就近照顧，決定帶她一起過去。

水高是依學年分樓層，一年級在一樓，二年級在二樓，而三年級就在三樓。因此要前往三年級教室，就必須突破樓梯這個最大難關。

接著，樓梯很快便聳立在眼前。今天看來格外險峻。

相對於停下腳步的空太，真白毫不在意地抬起腳。一階，接著又一階往上走。

「椎名，壓好裙襬。」

空太注意著週遭，小聲提醒。

「你可以壓著。」

「那麼，我就恭敬不如從命了……做得到才有鬼啦！妳想把我趕出學校嗎！」

打算從真白身後防護的空太也爬上了階梯。每一階都走得相當慎重，並且注意真白的裙襬與背後。

沒有人知道什麼時候會發生什麼事，必須細心注意，一個失誤就可能要命。雖然真白看來沒有這樣的自覺，不過現在已經是這麼緊迫的狀況了。

在樓梯平台上轉彎，還剩下一半路程。一邊逐階數著，繼續往上。在剩下三階的地方，腳踝感受到不祥的風。心想著要來了的時候，一陣風吹上了樓梯。

真白的裙裡充滿空氣而膨脹，眼看就要飄起來。

「嗚喔！」

空太忍不住出手。完全是反射動作。

兩手壓住真白的裙子，大把抓住她的臀部……

真白沒動肩膀，只是回過頭，以平常的面無表情俯視著空太。

「不、不是啦！這、這是不可抗力，絕對不是我突然獸性大發，我真的沒有居心不軌，拜託妳相信我！」

「空太。」

「有、有何指教！」

「好癢。」

「抱、抱歉！」

他慌張地把手移開。

立刻確認周圍，上面沒有任何人。鬆了一口氣。接著往下看，與看似一年級生的嬌小女孩目光對上。

「對、對不起！我不是故意的！」

彷彿要發出慘叫一般，女孩滿臉通紅地逃走了。

「啊，等一下！妳誤會了！」

當然，嬌小的女孩沒聽到空太的聲音，便消失在樓下。

這時，一位男學生由樓梯走了上來。

「大白天的就發情啦，空太。竟然還把那麼勇敢可愛的一年級生給弄哭。」

走過來的是另一位一起在櫻花莊生活的三年級生——三鷹仁。修長高挑、身材又好，明明穿著同樣制服，卻有著與其他學生不同的氣質。造型簡單的眼鏡也帶有知性，更凸顯成熟魅力。從拿著書包這點看來，應該是現在才剛來學校吧。

「仁學長，好久不見了。」

「嗯？是這樣嗎？」

已經有一個星期不見了。仁現在有六個女朋友，星期一是大學戲劇學系四年級的麻美學姊；星期二是護士紀子；星期三是花店的加奈；星期四年輕太太芽衣子；星期五是賽車女郎鈴音；週末則是粉領族留美，他是個像這樣以星期幾決定過夜地點的最差勁人種，所以已經大概一個星期沒回家了。

就像要提出證明一般，他的領口留有女性的口紅痕跡。掠過而橫向延伸出去的紅色線條，像

是在做什麼的途中偶然沾上的，莫名覺得生動逼真。

真不愧是外宿帝王。這當然也是他存在於櫻花莊的原因。

「仁學長，領子被做記號了喔？」

聽空太這麼說，仁便拉著領子確認。

「啊，真的耶。因為昨天加奈小姐在我一進她房間時就突然撲上來。」

仁這麼說著走到空太旁邊，兩人一起上了三樓。

「那麼，空太有事找美咲嗎？」

「嗯，是啊。」

「真白也是？」

仁的眼角餘光看到了真白。真白搖了搖頭。

「我話說在前面，這可是椎名的事喔？」

「這樣嗎？」

空太覺得頭痛，終於來到美咲的教室。

美咲也是美術科的學生，所以不同於普通科，人數不多的教室感覺很寬敞。

「美咲不在。」

「確實是不在呢。」

「不，明明就在吧。」

這麼說的人是利用身高從空太與真白背後窺視教室的仁。

「雖然我也知道她在啦……」

即使沒看到美咲的人影，但教室裡卻有一個讓人不禁行注目禮的異樣物體。或者該說有「一名」。講桌正前方的座位上坐著熊的布偶裝。因為以那一身打扮與同學談笑風生，所以才駭人。不愧是住在櫻花莊的外星人。

可以的話，真不想跟她攀談。不過現在也不是說這些事的時候了。

「美咲學姊，可以打擾一下嗎？」

因為這一句話，不同於看似沉重的外貌，布偶裝以敏捷的動作轉過頭來。

熊嘴巴的部分露出了美咲可愛的臉蛋，剛好就像是臉被咬住的感覺。她的視線捕捉到了空太。因看到獵物，眼睛閃閃發光。

緊接著，一臉認真站起身的美咲，以就連野生熊都會感到驚訝的充沛活力，朝空太直衝而來，就這樣直接以全身重量衝進空太懷裡。雖然空太試圖接住，不過還是輕易被撲倒了。

「妳在做什麼啊？學姊！」

「用全身來表達學弟來看我的喜悅啊！」

「真是給人找麻煩！」

空太推開美咲，站起身來。

「好可愛喔，美咲。」

「謝謝妳，小真白！」

美咲緊緊抱住真白。

「這個叫做『咬人熊～～』，是現在我的排名裡獲得最流行頭銜的熊中之熊喔。也是BEAR中的BEAR！」

「不，那種解說根本就無所謂。」

她到底是從哪裡弄到布偶裝的？恐怕從早上就以這身打扮上課聽講吧。空太忍不住同情起老師來了。

「還沒講完啦。人家想要熱烈討論咬人熊～～啦！」

美咲用布偶裝對空太進行頭槌攻擊。

仁用手幫忙把頭擋了下來。

「空太不是有事要找美咲嗎？休息時間快結束了喔。」

以美咲為對象總是會這樣，因為可有可無、毫無意義的話而浪費了寶貴的時間。

「學姊，妳有運動服的話請借給我！發生了緊急事態！」

「好啊。雖然我沒帶。」

「到底是哪個啦！」

「雖然我沒帶，但是我想借你的心情是認真的喔～～」

熊擺出了萬歲的姿勢。不，應該是威嚇的姿勢吧。

「仁學長呢？」

「嗯？我也沒有體育課，所以放在宿舍。」

「怎麼都是些不湊巧的人啦！」

那不就變成只是為了被熊撲倒而來到這裡了。

「喂喂，你說這什麼話啊？怎麼啦？這麼叛逆。」

「不，那是因為……」

空太畏畏縮縮地招了招手。美咲與仁，甚至連真白都把耳朵湊過來。

「那是因為……椎名沒有穿啦。」

「啥？你是說……」

仁的目光望向真白的裙子，接著彷彿確認般看了空太，空太便明確地深深點了點頭。

「難怪空太會這麼興奮了。」

仁看來一點也不驚訝，冷靜沉著地說著。而美咲的反應也一樣，一臉沒什麼大不了的表情。

真不愧是住在櫻花莊的人們，實在不正常。

「學弟也終於對性愛覺醒了呢。」

「不是那個意思的興奮吧！」

「硬要說的話，應該是那個意思的極度興奮吧？」

「仁學長不要做出確切的指摘啦！」

空太想轉換心情而看了真白，卻發現她正看著無關緊要的地方。真是一點危機感也沒有。

他在心中嘆了口氣。

「仁學長，你有沒有什麼好方法？」

「只要空太內心堅定就解決了吧。」

「這樣不是根本的解決之道！你只是想說別在意吧！況且，我根本不可能突然就變堅強！」

「那麼，為了讓學弟沒有任何感覺，要不要我讓你心碎掉？」

正如其名，美咲綻放出美麗燦爛的笑容這麼說著。當然，既然是美咲，就絕對不是開玩笑，而是百分之百認真的。氣勢彷彿現在就要揮出熊爪一般。

「今天結束之後，會幫我恢復原狀嗎？」

「這個辦不到喔。」

「別講得那麼乾脆！」

「那麼，我回教室去了。」

「啊～～不要見死不救～～」

空太抓住仁的手挽留他。

「像仁學長這樣的花花公子，不會若無其事地隨身攜帶一兩件內褲嗎？或者不小心放進口袋之類的？」

「你交了女朋友之後會想隨身帶著內褲啊？真厲害。」

「請不要用羨慕的眼光看著我！」

「不然，要不要穿我的？」

這麼說的人是美咲。

「咦？」

「我去把它脫下來喔。」

美咲正打算衝出去時，仁以雙手抓住熊的頭加以制止。

「當然不行。妳在說什麼蠢話？」

「咦～～可是又沒有其他方法。」

「只有這點絕對不准。」

雖然只有一點點，不過仁的語調中夾雜了不高興的氣息。

「嗯，我知道了……既然仁都說了，那我就不這麼做了。對不起，學弟，我幫不上忙。」

「不會啦，與其要從學姊手中奪走內褲，還不如我自己脫。」

「喔～～還有這個方法！」

「咦？不，我是開玩笑的耶？」

熊的手伸過來抓住空太的褲子，企圖鬆開皮帶。空太全力抵抗，好不容易才從美咲的魔掌下死裡逃生存活下來。

被獵物給逃了的美咲，不開心地噘著嘴。

「既然都這樣了，那也沒辦法。讓我來告訴你最後的手段吧。因為是學弟的拜託，總不能不吭聲就放著不管吧！」

「既然有好方法，就請早點說出來嘛。」

「來畫內褲吧！這麼一來，即使裙子被惡作劇的風掀起來，也能以『什麼啊，原來是內褲啊』的感覺瞞混過去！」

「畫在肌膚上嗎！根本就只是增加了變態度而已吧！」

「只要有我跟小真白的技術，絕對能畫得跟真的一樣！」

「請不要把繪畫的才能用在這種地方！」

會想來拜託美咲，本身就已經是個錯誤。

而當事者真白則茫然看著流動的雲。大概是覺得看起來很好吃吧。

「我說啊，椎名妳也給我參與話題！我們吵的可是妳的問題耶！」

「這樣嗎？」

「妳到目前為止到底有沒有在聽啊……多思考一下自己的事吧！我可是滿腦子都在想著妳的事耶。」

話一說完，空太強烈感受到美咲與仁的視線。

「喔～～學弟，竟然會說出愛的告白耶。」

「真是個該做的時候就會去實行的男人啊。」

「我不是那個意思啦！」

「那麼，小真白的回應是！」

美咲假裝拿著麥克風逼近真白。

「空太。」

真白以澄澈的雙眸直視空太。光是這樣，就讓空太的心跳猛然加速。

「幹、幹嘛啊？」

聲音已經完全變調了。

「我之前就一直想說了。」

這個情況看來，該不會是……該不會是那樣吧？空太即使一邊在腦袋裡反覆說著不可能，另一方面，腦中某個角落卻仍期待著。

「想、想說什麼？」

「你踩到我的腳了。」

「這種事要早點說！不對，對不起啦！真的很抱歉！」

這時，時間終了。鈴聲響起。

「那麼，你就好好加油吧，空太。」

「想到就隨時叫我喔！如果是為了學弟，不管天涯海角我都會衝過去的！」

熊握住空太的雙手，用力地搖了搖。

目送熊回教室的背影，空太與真白一起回到一樓。應該找擁有普通感覺的人來商量的——空太如此深深後悔著……

4

第三堂的英語課，即使下課鈴聲響了，老師還是不肯放下粉筆，還稍微多上了一些課。

上課期間，空太不斷送出「快點結束吧」的念力，不過看來似乎是反效果。

鈴聲響後又過了三分鐘，比起終於把教科書收起來的英語老師，空太更急速地走出教室。雙腳正打算加速而充飽力量時，空太突然被掐住後頸。轉過頭去，發現帶著狂傲笑容的千尋正站在那裡。

「現在不行！一點都不閒！我是全世界最忙的男人！請妳拜託其他看來很閒的傢伙幫忙！教室裡面滿滿都是！」

「神田，你很閒吧。幫我搬列印的講義。」

「才不要～～」

「為什麼！」

「我是每天不看一次你因痛苦而扭曲的表情，就會死掉的體質。」

「這是什麼麻煩的體質啊！」

「好了，走吧。」

千尋毫不在意地拖著空太走。

「等一下，老師！真的不妙啦！」

「不妙是指什麼？你的性欲嗎？撐到快脹破了嗎？」

千尋的目光朝向空太的下半身。

「您在看學生的哪裡啊！我是說椎名！」

「真白怎麼了嗎？」

「不，那個她今天……沒穿啦。」

即使空太一邊注意週遭一邊告知這衝擊性的事實，千尋也跟美咲或仁一樣，表情完全沒變。感覺搞不好還會問「然後呢？」。

「然後呢？」

不，還真的這麼說了。

「只有這樣嗎！」

「嗯，偶爾也是會有這樣的日子啦。」

「咦？是這樣嗎！難道老師也是？」

「你是用什麼眼光在看老師啊？該不會，每天晚上都以我為對象，想著一些奇怪的事吧？不要這樣，感覺很噁心。」

「我從來沒把老師跟內褲聯想在一起，所以請放心。」

「喔～～很敢講嘛你。那麼，現在就到美術準備室去，讓我好好教教你什麼是大人的魅力。當然還要一邊搬講義。」

「請容我積極地拒絕！所以，請快放手！」

「不行。」

美術準備室已經近在眼前。空太就這麼被帶了進去。

「請您重視一下事態啦。您明白嗎？老師您的表妹，可是在很危險的狀態下來到學校耶？」

「只要有穿裙子就沒問題了。因為校規並沒有針對穿不穿內褲做規定。雖然也許有規定避免穿太招搖華麗的內褲，不過跟現在的狀況完全是兩回事。」

「根本就是比這個還嚴重的問題吧！即使校規允許，還有觸法的危險性啊！公然猥褻的話就慘了吧！」

「沒問題啦。因為如果不掀開來看，沒有人會知道到底有沒有穿。我記得不知道哪個偉人曾說過，要觀測才會知道。」

「請不要講得好像箱子裡的貓一樣。」

「不要再說些有的沒的，你只要像個奴隸幫我工作就行了。」

千尋說著把成疊的講義堆到空太面前。

「不要說像奴隸！」

往返了教職員室與美術準備室三趟。空太終於完成千尋所交付的工作，手臂已經沒力氣，休息時間也已經結束。

空太放棄去找真白，決定回自己的教室。

至少想個對策也好，空太拿出手機，傳了封簡訊出去。

收件者是同班同學，也是櫻花莊裡住在隔壁房間的同學——赤坂龍之介。他今天沒來學校。或者該說，昨天也沒來，前天也沒來。甚至四月以來一次都沒來過學校，在櫻花莊裡也不見他的人影。

是個徹頭徹尾足不出戶的繭居族。

雖然不覺得拜託他就會輕易把內褲送過來，不過空太已經被逼到不放過任何可能的協助了。

——赤坂，救救我吧！

空太寄出簡訊後，馬上收到回信。

——現在龍之介大人正與S社的開發負責人進行會議。因此非常抱歉，我無法將空太大人的簡訊傳達給他。盼能獲得您的理解。您的女僕敬上

第一次看到的時候，還以為是費工夫做的惡作劇，但空太現在已經知道這是什麼了。龍之介是從事遊戲相關開發的程式設計師，日夜都窩在房裡工作。

獨立開發的自動郵件回信程式AI。名字就如同字面上的，叫做女僕。

——緊急事態！拜託妳，女僕！幫我轉給赤坂！

——那麼，請教您的急事為何？心胸寬大的女僕敬上

——請幫我帶內褲過來！

——真是的，空太大人真是愛惡作劇（笑）。想用這種下流的惡作劇來讓我困擾是沒用的喔。完全不把性騷擾當一回事的女僕敬上

完全被當作是開玩笑了。

洞悉人類微妙情感的高性能變成了禍害。

空太思考著該怎麼回信時，已經抵達教室。第四堂課的化學老師也來到教室，在這之後也沒辦法做什麼了。

「我已經不知道該怎麼辦了……」

勉強擠出的聲音，總覺得微微含著淚水。

5

距離午休結束還有五分鐘。因為時間相當充裕，本以為是解決沒穿內褲問題的最佳機會。

空太在美術科教室裡與真白一起吃便當，中途美咲與仁突然闖了進來，之後便說起「咬人熊～～」，還有其他可有可無的話題，聊得很開心，時間在聊天時一下子就過去了。

「我竟然會犯下這種失誤……」

空太在走廊上空虛地自言自語。

大概是想忘掉真白沒穿內褲的事，在聽美咲聊天時就能忘卻痛苦的現實，所以忍不住開始逃避現實。

他從走廊的窗戶望著外面。

總覺得風比上午還要強勁。

接下來到底會變怎樣呢？

即使打算想些光明的未來，卻什麼也想不出來，只有從嘴角冒出乾笑聲。

空太走進教室，回到自己的座位，無意識地嘆了口氣。

「我從一早就想跟你說了。」

聲音的主人是隔壁的青山七海。

「請問是什麼事？」

「你今天很怪喔。」

七海的視線依然落在手上的語調辭典上，桌上有十張左右的紙，仔細看好像是什麼劇本。

志願是成為聲優的七海，為了實現夢想，現在在訓練班上課。那大概是課程的內容吧。之所以會使用語調辭典這種罕見的東西，是因為七海是大阪人。

「沒關係。因為我也覺得我很怪。」

空太無力地趴在桌上。

「既然你知道，想個辦法處理一下會比較好。」

「我正在專心努力中。」

「完全沒有改善吧。」

「請別管我了。」

「喔，這樣嗎？那我就不管了。」

七海用紅筆在劇本上寫些什麼。

「開玩笑的。我已經快不行了，希望青山能夠幫我。」

七海以眼神詢問著「什麼事？」。

「可以借我運動服嗎？」

「……」

「…………」

「要做什麼？」

「在這之前，可以請您先告訴我剛剛那一瞬間的沉默是在想什麼嗎？」

七海意識著周圍。

「要是被別人聽到，神田同學會覺得很丟臉喔，即使這樣也無所謂嗎？」

「還是不要說好了！話說，不是那樣喔？我不會用在什麼低級下流的事情上喔？況且也不是我，是那個……妳知道椎名真白吧？」

「嗯，那當然。」

不愧是天才畫家，從插班進來就成為眾人矚目的焦點。真白在水高學生之間恐怕是無人不知、無人不曉吧。

「那個椎名忘了帶運動服來，所以正在招募願意出借的人。」

因為其中包含了些許的謊言，空太中途就把視線別開，如此告訴七海。

「喔～～椎名同學啊～～」

七海投以懷疑的眼光。

「是、是啊。」

「不過，美術科下午是實習課吧？應該沒有體育課啊？怎麼回事？」

「不，那個是，因為……」

「到底是怎麼回事？」

七海由下往上看著空太的臉追問著。就算如此，空太也不能因為屈服於這股壓力而說出真正的理由。為了保護真白……

「如果妳借給我，我會很感激的。拜託妳！」

既然這樣，那就只能死皮賴臉央求她了。

「拜託您！青山大人！」

「唉～～借給你是沒問題啦。」

對於空太的態度，七海發出了受不了的聲音。

「真的嗎！」

「反正又不是什麼捨不得借人的東西。」

七海闔上語調辭典，從座位上起身，在後面的櫃子裡拿出成套摺疊整齊的運動服過來。

「拿去。」

「謝謝妳，青山。」

空太一收下運動服，由於太過高興，忍不住拿來貼著臉頰磨蹭。

「等、等一下，神田同學！」

七海慌張地拿回運動服。

「不，不是啦！剛剛是一時衝動。」

「所以是本能？」

七海一臉倒胃口的表情，與空太拉開了距離。

「不！不是那樣，是因為想到終於獲救了，太開心才會忍不住。」

「忍不住就想用在奇怪的地方？」

「對不起。我不會再那樣做了，請借給我。拜託妳。」

空太深深地鞠躬。

「好、好啦。」

空太謹慎地收下再度遞出的運動服。

「謝謝妳，青山，我真的很感謝妳。」

「不、不用客氣了啦，不要講得那麼大聲。」

「為什麼？」

「因為……大家都在看啊。」

被這麼一說，空太環顧教室。同學們迅速別開目光，彷彿什麼都沒發生過般開始談笑，這種不自然的空氣實在讓人坐立難安。

「總、總之，謝謝妳了。」

空太這麼說完，從座位上起身。想馬上把運動服送去給真白。

走出教室時，不知為何七海也跟了過來。

「青山？」

「因為神田同學的關係，害我在教室裡待不下去了！」

「抱歉。」

「不用跟我道歉啦……」

兩人並肩在走廊上前進。

「那個，神田同學。」

「嗯？」

「為什麼神田同學要幫椎名同學這些事？」

「咦？不，那是，因為……她剛插班進來，好像還完全沒有朋友……而且我跟她又住同一個宿舍……」

「只是因為這樣？」

七海投以試探的眼神。

「什、什麼意思啊？」

「因為，椎名同學、呃……非常……該怎麼說呢……」

七海該不會知道些什麼吧？莫非已經發現真白本性其實是生活白癡？到目前為止明明都還沒有人察覺。空太開始警戒，做好心理準備。

「……因為她很可愛。」

「咦？」

七海含在嘴裡的聲音，幾乎沒辦法聽清楚。

「沒、沒事啦！」

兩人聊著聊著，已經來到美術科教室。

七海自然而然地準備走開。

「咦？青山妳要去哪？」

「去哪都無所謂吧。」

空太被冷漠的目光瞪了。七海大概是要去洗手間吧。即使現在覺得糟糕也太遲了，空太只好堆起滿臉笑容敷衍過去。

「喔，喔。待會兒見啦。」

「哼。」

七海甩著馬尾，怒氣沖沖地走遠了。

空太一踏進美術科教室，就與只剩下自己一人在教室裡的真白在門口碰個正著。因為下午是實習課，所以大家大概都往美術室移動了吧。

真白也拿著大大的素描簿，正準備往那裡走去。

「又是空太。」

「不准說又是！」

「還來得及。」

「什麼意思啊！」

「老是遇到空太。」

「妳以為原因出在誰身上啊……」

「有什麼事？」

「我帶運動服過來了。把這個穿上。」

空太遞出運動服，真白卻沒有要接下的意思。

「幫我穿。」

「妳自己穿！」

「手上有東西。」

真白的雙手因為大大的素描簿，以及放有畫材的袋子而空不出來。

「先放著不就好了？」

「為什麼？」

「我不懂妳提出疑問的意思……」

「因為想讓我穿上的人是空太。」

沒錯。因為真白沒穿內褲而感到危機的人，本來就只有空太。真白一副完全不在意的樣子，度過了這一天。

「啊～～真是的，我知道了啦！」

為了保險起見，空太背著手關上教室的門。

他把運動服褲腳的部分揉抓成圈狀後，蹲在真白面前。

即將要在沒穿內褲的戰役畫上休止符，所以這點事就忍耐下來。

「好了，把腳穿過去。」

真白舉起右腳。

剩下的就是穿過兩條腿，再把運動褲拉起來就好了。這麼一來，一早開始持續到現在、消磨心志的戰役終於要結束了。和平即將造訪世界，緊張與亢奮接連不斷的沉重壓力終將落幕。然後，空太獲得解放，邁向自由。

已經沒有任何阻礙了。

——贏了。

空太心中如此確信。

因此，緊張的弦突然斷了。

在與真白的極近距離之下，空太輕率地把頭抬起來，實在是截至目前為止最大的失誤。

毫無心理準備的空太眼前，真白白皙的大腿逼近而來。就連前方的少女花園都快看到了。

「咦？嗚哇！快看到了啦！」

空太把臉別開，幾乎在同時，真白把右腳伸進運動褲。內心動搖的空太把身體縮了回來，單腳站不穩的真白開始搖搖晃晃。

心想糟糕的時候已經太遲了。

「哇～～！等一下、等一下！」

真白的身體靠了過來。會想去接住是理所當然的判斷。

兩人的身體很快重疊在一起。

「等一下！我說妳！多少也站穩一點！」

「不可能的。」

「妳放棄得太快了吧！」

手臂、胸膛還有臉頰，都感受到真白肌膚的柔軟。雖然並不是非常重，但對於雙膝跪在地板上的空太而言，並沒有足夠的力氣支撐倒下來的真白。

真白放開的素描簿與裝畫材的袋子掉落在地上。空太已經預見那就是兩人的未來。

「嗚喔喔～～！已經到極限了！」

空太在下方，兩人糾纏著倒在教室地上。

一陣疼痛竄過全身，接著感受到的是人體肌膚的溫度。

真白的臉就在眼前。吐氣落在脖子上一陣搔癢。雙腳纏在一起，沒辦法立刻站起來。右手環抱著真白纖細的腰，左手則碰觸到什麼柔軟又溫暖的東西。

「這個該不會是……」

「哇～～！不用全部說出來！」

「空太的手在我的屁股上。」

即使想要分開，卻因為真白在上面，無法輕易動彈。因為慌張掙扎，腳又更糾纏在一起了。真白的雙腳，緊緊夾住空太的右腳。當她在空太大腿內側蠕動時，空太幾乎要發出變調的怪聲。

「不要動來動去！別動！嗚喔！」

因為身體扭動，空太現在依然放在真白臀部上的左手指勾到了某個東西。

「嗯？咦、咦？這個……莫非是？」

空太在翻捲起來的裙子裡，感受到了伸縮布料的存在。他抬起頭，越過真白的背以眼睛確認。看得到白色的內褲。這到底是怎麼回事？

「妳、妳為什麼會穿著內褲啊？」

「因為穿上了。」

「沒人在跟妳聊這種程度的問題！」

完全陷入混亂的空太耳裡，傳來了從走廊逐漸接近的腳步聲。眼看即將抵達這裡。

全身一陣緊張。同時，教室的門以強烈的氣勢打開。

「我剛剛忘了說，因為明天要穿運動服……所以……在那之前……要還給我……喔……」

七海說完，用手扶在門上的姿勢僵住了。

看起來上下顛倒的七海，帶著喪失感情的目光俯視空太，瞬間就確認了空太與真白的狀況，還有兩人手的位置。

當七海看到真白的臀部時，眼神變銳利了。真白的裙子掀了起來，空太的手還摸著她的臀部，加上手指看來就像要脫掉內褲，所以這也沒辦法。

眼看七海的臉逐漸漲紅起來。

「神、神田同學……你、你在學校裡做什麼啊！」

「不是！我什麼也沒做！這是意外！」

七海即使用雙手遮住自己的臉，仍透過指縫看著，如此說道：

「可、可、可是！你不是正要脫她的內褲嗎！」

「我沒有要脫！是偶然！相信我！」

「老師跟警察，你要叫哪個？」

「拜託請叫老師！」

明明兩者都很不妙，空太卻還是做了選擇。

「我知道了。」

七海說完，用力關上教室的門。腳步聲逐漸遠去。

「我隨便說說的！等一下！拜託妳！青山，是誤會啦……真的啦……」

當然，七海並沒有回來。

「我的下場會怎樣……已經不行了……我受不了了……我可以哭吧？」

「空太，幫我站起來。」

「現在就好，誰來安慰我一下吧！」

6

自從與真白正在忙的時候被七海目擊，空太利用被逮捕前僅存的時間，要求真白針對已經穿了內褲的事說明。

「妳到底為什麼會穿著內褲！」

「千尋給我的。」

「什麼時候？」

「早上班會時間之後。」

「怎麼給的！」

真白從制服口袋裡拿出紙袋。那是大學福利社的袋子。雖然知道賣的東西很多，但沒想到連內褲都在受理範圍內。

「那個嫌麻煩的老師……」

簡單來說，千尋在今早短暫的談話中，察覺到了內褲的事。於是，她立刻到福利社購買，並讓真白穿上。而且還不把這件事告訴空太，看著學生徒勞緊張的樣子，一定在內心大爆笑吧。身為老師竟然做出這種事……真不愧是櫻花莊的負責老師，常識什麼的是不管用的。

「為什麼椎名也不馬上告訴我啊！」

「因為我在想事情。」

「妳在想什麼比內褲還重要的事啊！把我的今天還來……」

「空太。」

「幹嘛啦！」

「時間一去不復返。」

「我知道啦！」

兩位男教師臉色大變衝到教室來，是三分鐘後的事。空太被壓制住，押送到學生指導室。

腋下被緊緊固定住的樣子，完全就是被捕獲的外星人狀態，已經被全校學生當笑話看了吧。看熱鬧的人異口同聲說：「果然又是櫻花莊。」

第五堂及第六堂課的時間，嚴酷的偵訊不斷持續著。

被當成受害者的真白，只休息了第五堂課，第六堂課又開始上課了。

無論空太如何解釋，老師們始終不相信。原因是空太沒辦法把所有的事實說出來，在重要的部分保持緘默，企圖用曖昧的證詞矇騙過去。畢竟總不能說出事件的開端是因為真白沒穿內褲。

隨著偵訊進行，空太的心智逐漸衰弱，每當被問「是你幹的吧？」的時候，就開始懷疑說不定自己真的犯了罪。

他開始覺得說出「是我幹的」，也許會比較輕鬆。

放學之後，要不是從真白那裡聽說事情原委的千尋前來搭救，空太差點就真的要說「是我幹的」了。這是深刻感受到冤罪可怕的一天。

即使如此，空太也沒有立刻獲得解放，接著又被千尋唸了「要幹的話就別被發現」這種不知道是建言還是說教的話。當空太真正可以回家時，已經是西邊的天空完全被染紅的時刻了。

雖然有很多牢騷想對千尋抱怨，不過空太已經沒有這種力氣了。

他被夕陽照著，走出校門。拖著有氣無力的腳步，與在門口等自己的真白一起走回櫻花莊。

白天狂吹的風，此時也已經完全停止，變成了平穩的天氣。

「上天這樣玩弄我，覺得很開心嗎……把我當成笑話，大家就滿足了嗎？如果世上會因此變和平，那就算了。可是這單純只是我個人變得不幸而已吧？有誰得到好處了嗎……」

嘆氣的空太背後，傳來走在後面幾步距離的真白的聲音。

「空太。」

「啥？」

連回應也沒精神。

「我從昨天就一直在思考。」

「思考什麼？」

空太不管什麼跟什麼，已經完全不在乎了。

「還是跟空太一起洗澡比較好。」

「……」

空太的腳步驟然停住。

真白撞上突然停下腳步的空太的背。

「喂。」

剛剛真白說了什麼？

「鼻子好痛。」

「這種事根本就不重要！」

「……」

「該不會，妳今天早上也在想洗澡的事？」

「是啊。」

「所以才忘記穿內褲？」

「是吧。」

「所以才忘記告訴我妳已經穿內褲了？」

「嗯。」

「不要那麼乾脆就承認！」

也就是說，是這麼回事。

因為昨晚空太說了「再去給我好好想一想！」，所以才發生了今天沒穿內褲的事件。事情變得這麼複雜麻煩，責任也都在自己身上。

如此驚愕的事實擺在眼前，空太的心智完全崩壞了。

「啊、啊哈哈哈哈……啊哈哈哈哈哈！」

「空太很噁心。」

「誰來給我愛啊！」

這發自靈魂的叫喊，誰也沒聽到。

但是，空太的受難並沒有這樣就結束。

隔天，等待著來上學的空太的，是全校學生異樣的眼光。像是發出了奇怪的聲音、引人注意的奇特行徑、已經向真白告白了、一把抓住了真白的臀部、是個嗜聞女學生運動服味道的變態、企圖侵犯真白等，無數的流言已經傳遍校園。

至於目擊現場的七海，有好一陣子都完全不跟空太說話，就連看也不看一眼。

即使如此，空太還能每天來上學，一定是在櫻花莊裡被鍛鍊出來的。心智真的變堅強，自己都快陶醉了。

「不對、不對，幹嘛覺得高興？這跟已經被櫻花莊同化有什麼兩樣？」

原本渴望平凡安穩的校園生活的空太，以此為契機，再度深深對自己發誓要離開櫻花莊。

「我絕對要脫離櫻花莊！」

卻還不知道未來自己會下什麼樣的結論……

櫻花莊的寵物女孩
三鷹仁邁向成人的階梯

決定好在聖誕節就把一切告訴美咲。

告訴她自己不去念水明藝術大學，而是要報考大阪的藝大。

告訴她想獨自去面對自己的目標。

坦率地說出對美咲的感情吧。

單純直率地說「我喜歡妳」。

只是，現在光是自己的事就忙不過來了，沒辦法把美咲放在最優先。

為此需要四年的時間。

如果這樣她也能接受，希望她能收下這個東西。

是生日時沒能送給她的戒指。

誓言的證明。

如果能在聖誕節交給她就好了……

在那之前，還有非做不可的事。

1

站在公寓大廈前，三鷹仁用去年生日時收到的備份鑰匙打開了門。

「打擾了。」

邊向室內出聲打招呼邊脫下鞋子。即使踩上玄關，還是沒聽到回應的聲音。不過，從脫了亂丟在地上的高跟鞋，以及浴室傳來的淋浴聲，可以知道這個房間的主人——粉領族鳥澤留美，已經從假日加班工作下班返家了。

仁調整一下眼鏡，將自己與留美的鞋子擺放整齊後，往裡面走去。

廁所、洗臉台，接著走過浴室前。正在淋浴的留美並沒有注意到仁的氣息。仁心想即使出聲叫喚她，也只會嚇到她，便繼續沉默著來到較寬敞的飯廳與廚房。

格局是兩房一廳。其中一間房間與餐廳連接，被當成起居室使用。所以實際上是一房兩廳的感覺。在裡面的另一個房間則是寢室。

飯廳裡只放了一張設計簡單的四角餐桌以及兩張椅子。仁將脫下來的外套掛在椅背上，走進了廚房。

捲起襯衫的袖子，將繫得鬆散的領帶塞進胸前的口袋。用冰涼的水仔細洗手，把在車站前的超市買來的食材從塑膠袋裡拿出來。接著要料理的是留美指定的羅勒義大利麵。

在鍋子裡裝水後開火。水滾前的時間裡，仁將羅勒葉切得細碎，再把蒜泥、橄欖油、鹽巴、巴馬乾酪起士加入攪拌，先把醬汁做好。

接著在沸騰的滾水裡加入鹽巴，放進義大利麵後，仁按下了廚房的計時器。

正在準備平底鍋與裝盤的器皿時，手機響了。

仁注意著義大利麵的狀況，把手機貼近耳朵。從螢幕上顯示的名稱得知對方是誰。

「什麼事？」

仁以輕佻的態度接了電話。

『啊，是我。我是空太。』

如此回應的人，是住在同一個學生宿舍……櫻花莊，低一個年級的學弟，神田空太。

「我知道。什麼事？」

『仁學長聖誕節有事嗎？』

冒出了意料之外的問題。

「幹嘛啊，找我約會嗎？」

仁用筷子輕輕攪拌義大利麵。

『如果是呢？』

「總之，我會先認真考慮吧。」

以平常的調調，開玩笑地回應。

『請別這樣。』

空太用真的很不願意的聲音回答。想起空太愁眉苦臉的表情，仁輕輕地笑了。空太是什麼感情都反應在臉上的人，調侃起來實在很有趣。

「你說的是聖誕夜的事吧？」

『今年也想在櫻花莊辦個派對。』

「那麼，聖誕節要幹嘛？」

『是的。』

「那天空太不是跟青山同學約好要去看舞台劇嗎？而且，真白不是要參加出版社的尾牙？」

青山七海與椎名真白，都與仁、空太住在同一間宿舍。

『派對要在這些事都結束後才做，所以會比較晚一些，大概十點左右開始如何？』

「又不是小孩子了，也差不多該從夥伴的聖誕派對畢業了吧。」

『要畢業的是仁學長跟美咲學姊吧。所以，這是為了創造回憶。而且去年的聖誕節，椎名跟青山都還沒來。』

「這樣好嗎？感情要好的年輕人聚在一起，度過一大盛事的聖誕節。而且還是在櫻花莊。」

不管怎麼說，櫻花莊跟一般的學生宿舍有些不同，是個聚集了問題學生的特別宿舍。

『反正今年仁學長應該又沒辦法選出一個人，所以聖誕夜很閒吧？』

「嗯，是沒錯啦。」

事實的確如此。因為有六個女朋友，所以去年跟誰都沒辦法一起過聖誕節。不過，空太的認知有些不正確。仁是因為選了六人以外的另一個人，所以才決定在櫻花莊度過聖誕夜。

仁無意識地想起了青梅竹馬的臉。今年必須對這位青梅竹馬說很重要的事。因此，今天仁是抱持著某種覺悟，才來到留美的房間。所謂重要的事，必須先跟留美談才行。

那就是仁決定報考大阪的大學。未來的四年，想專心致志學習成為劇本家……

『事情就是這樣，請把聖誕夜的時間空下來喔。』

「我知道了。」

『就這麼說定了。先這樣。』

仁結束通話後，把手機放在桌上。

「需要專程打電話嗎……」

回櫻花莊再說不就好了？空太有這麼期待聖誕派對嗎？不久之前，空太還氣呼呼地說「我一定要離開櫻花莊」的場景彷彿作夢一般。還是有什麼其他的理由嗎？

要說可能性，大概就是莫名其妙的用心吧。比方說，要讓仁與美咲獨處之類的。要是這樣，仁倒也不在意。

這時，廚房的計時器響了。

「算了，無所謂。」

熄火後把鍋中的水瀝乾，將義大利麵丟進已經先熱好鍋的平底鍋。一邊輕輕拌炒，讓麵沾滿做好的醬汁，就大功告成了。

仁將羅勒義大利麵漂亮地裝盤，為了增加顏色，在上面放了切片的番茄。

然後，把叉子與湯匙排放在餐桌上。

完成之後便移動到隔壁的房間，在床緣坐下，把拿下來的眼鏡放在旁邊的桌上。仁緩緩吐氣，倒下躺在床上。

黏在天花板上像個巨蛋球場的日光燈俯視著仁。因為太過炫目，仁舉起雙手遮住眼睛。

不知何時，淋浴的聲音停了。才剛察覺，耳邊就傳來浴室門被打開的聲音。

這些事即使不看也知道。

與這個房間的主人，也就是粉領族留美交往以來，已經兩年了吧。留美所住的公寓與仁念的水明藝術大學附屬高等學校……被通稱為水高最近的車站藝大前站距離一站，仁也已經來慣了。

十二層建築的最高樓層景觀很好，天氣好的時候還看得到富士山。房間寬敞，租金應該不便宜，只是從留美不以為苦的樣子看來，她在工作方面應該很優秀吧。剛開始交往的時候，聽說是事務系的粉領族，不過有時會看到她應對緊急打來的電話，逐漸發現她應該是從事像是社長秘書的工作。

仁也不追問這件事。因為他發現兩個人在一起的時候，留美並不是很想談工作的事。出現工作的話題時，不管怎樣總會浮現高中生與社會人士的立場差異。留美不喜歡這樣的氣氛，而仁也從長久的交往中理解了。因為從留美的態度或言行舉止，偶爾可看出她對於與高中生交往一事所產生的罪惡感。

「仁？」

隔壁房間傳來留美的聲音，聽起來很遙遠。仁雖然想回應，卻只有嘴唇微微動了一下，似乎是在不知不覺間打起盹來了。仁雖然知道，但並不想抵抗睡魔。想就這樣直接睡了的強烈想法，讓仁在幾秒後掉入夢與現實的縫隙中。

有人的舌頭碰觸著自己的嘴唇。明明還沒吃，卻傳來羅勒的香味。即使被如此甜美的觸感誘惑，仁也沒有馬上把眼睛張開。

不光是嘴唇，全身都感覺到像是溫水般的體溫，被什麼東西覆蓋著。像是在重重被窩裡的感覺一樣舒服，覺得立刻又要睡著了。

這時他的嘴唇再度被封住，他感覺呼吸困難，終於把眼睛睜開。

視野中是這房間的主人鳥澤留美有些生氣的臉。

留美身上只有一條浴巾。剛洗完澡的肌膚帶點汗水，微微染上紅潤。及肩長髮還是濕的。

「留美小姐在做什麼啊？」

「正在吸仁的嘴唇。」

「那真是讓人興奮起來了呢。」

仁忍不住打了個呵欠。

「哪有啊。」

留美似乎心情不好。雖然想了一下原因，不過可能的理由實在太多了，不清楚是哪一個。看來光是依照她所希望的，準備了晚餐可能還不夠。

留美彷彿看穿了仁的想法說道：

「到家裡過夜的小男友，什麼都還沒做就在床上打瞌睡，對身為女朋友的我是個大問題。」

「我沒有在睡覺啊。」

「叫也叫不醒的人不知道是誰啊？」

留美噘起嘴。

「只是稍微在認真想事情而已。」

留美的手伸了過來，輕輕捏著仁的臉頰。

「很痛啦，留美小姐。」

「在這種狀況下，你可以想的只有一件事。你很清楚吧？」

要是說錯了你就完了喔——留美以恐嚇仁的眼神訴說著。

「我當然是在想留美小姐的事啊。」

留美伸出另一隻手，再度掐住仁的臉頰。

「你是說真的嗎？」

「我有對留美小姐說過謊嗎？」

「還滿常的啊。因為仁是大騙子。」

「有嗎？」

這也是多到不勝枚舉，所以沒辦法特定說是哪一個。

「在想事情之前，你在跟誰講電話吧？」

留美繃緊嘴角，故意做出可怕的表情。

「……」

看來她真正想問的是這件事。

「就算我在洗澡，這點事我也知道。」

「我以後會注意的。」

「這麼說是什麼意思？你該不會是想說，以後會注意小聲點講電話以免被發現吧？」

留美捏著仁臉頰的手更用力了。

「痛、痛、痛、很痛啊，留美小姐。」

「騙人。」

她停下捏臉的手，這次換成直接打頭。

「所以，你在女朋友的房裡光明正大地跟偷腥對象講電話？」

看來電話的話題還在進行。

「不是打了我的頭就願意原諒我了嗎？」

「要視對象而定。」

留美在仁的身上爬著把臉靠過來，浴巾因而敞開，仁以自然的手勢調整回去。

「是學校的後輩。」

「很可愛嗎？」

「嗯，硬要說的話是很可愛。」

留美拉住仁繫得鬆散的領帶。今天最慘搞不好會被勒死也說不定——仁不正經地這麼想著。

「你會好好解釋一下吧？」

「不過這後輩是男的。」

「仁那樣的也可以接受嗎？」

「我只愛留美小姐一個人。」

「真敢說呢。我可是清楚得很喔？」

所謂清楚得很是指什麼呢？大概是說同時跟幾個女性交往的事吧。

「你果然沒有自覺啊。」

「我的情感全都在留美小姐身上，這件事我是有自覺的啊？」

留美無視想扯開話題的仁，繼續說著：

「個子應該有點嬌小吧。」

「……」

「頭髮大概到肩膀的長度。」

「……」

「同年嗎？」

「妳在說什麼？」

仁雖然如此回問，但腦袋裡已經浮現美咲的身影。

「應該是很有朝氣的女孩子吧？」

「我說，妳到底在說什麼？」

「仁真正喜歡的女孩子。」

「……」

一針見血說出正確答案，讓仁一時語塞，說不出平常輕佻的話語。即使想試著冷靜下來，在身體貼得這麼近的狀態下，加速的心跳還是會被留美發現吧。留美的心跳從剛才就一直以一定的節奏傳到仁這裡來。

留美帶著從容的表情俯視著仁。

「因為街上有這種身影的女孩子出現，你的視線馬上就會飄過去。」

語氣像在糾正惡作劇的孩子。

「有嗎？」

「有。」

仁故作冷靜，試著開玩笑。不過，留美的追問沒有要停下來的意思。

「有嗎～～」

即使口頭上否認，但仁能理解留美所說的。關於看到身影像美咲的女孩子，目光就會忍不住追過去這件事，仁很早之前就有自覺了。雖然小心謹慎不要被發現，不過看來還是瞞不過留美的眼睛。

「不要裝傻了，給我解釋清楚。」

仁因為說不出話來，於是吻了留美。

「別開玩笑了！」

留美這麼說著，用力打了仁的頭。

「留美小姐的愛真是激烈啊。」

「還不是仁害的。目光竟然會無意識地追過去，被這麼純情地劈腿實在讓人很火大。」

仁一想到接下來要說出考試的事，實在提不起繼續逢迎留美的勇氣，只是不斷乾笑。

「那麼，順便問一下，這個是什麼？」

留美拿到仁眼前的，是仁為美咲準備的聖誕禮物戒指。「咬人熊～～」的小熊吉祥物大大地張著嘴威嚇著仁。那是美咲最愛的角色設計款銀戒。

明明收在外套的口袋裡了，留美的習慣真不好，手機的內容也常被偷看。應該有幾個她覺得可疑的手機號碼吧。

「我覺得我應該不太適合這種可愛的飾品。」

「留美小姐什麼都很適合。因為本質很好。」

「我在問的並不是這種問題。」

「……」

相對於臉上堆滿笑容的留美，仁的視線飄到天花板上。

「你露出這麼困擾的表情，不就好像是我在欺負你一樣嗎？」

「我們彼此是感覺舒服的關係不就夠了嗎？」

「你這麼說的話，我可要徹底盤問清楚喔。」

「留美小姐的質問攻擊，會讓人酥麻興奮呢。」

「你這種閃躲的手段實在是越來越高明了……我真擔心仁的未來啊。」

「沒問題的。」

「才不會沒問題呢。」

這次留美則是把目光轉向旁邊的桌子。

「為什麼？」

「因為我讓可愛的年輕人迷失在邪惡大人的世界裡了。」

留美說著，大大地呼了口氣。

「原來妳有邪惡大人的自覺啊。」

「雖然還比不上仁就是了。」

「為了我自己好，這句話的意思我就不問了。」

稍微變得從容的仁，用笑容避開了留美說的話。

「你不應該還這麼年輕就這麼會露出職業笑容。」

「留美小姐也還很年輕吧？」

「你以為我今年幾歲了？」

留美的聲調降了八度。她平常情緒起伏激烈，今天則比平常展露出更多面的表情。

「是身心都相當充實的二十六歲。」

「四捨五入的話都三十歲了喔，三十歲。」

「我在雜誌上看過，二十五到二十九歲的女性是最美的時期。」

「仁沒有幼稚到會相信那種毫無根據的胡說八道吧。」

「我深刻感覺到最近的留美小姐變得越發美麗動人了。」

「保養越來越麻煩了。仁變成大人之前，我就已經是大嬸了。」

這次留美則是很明顯地嘆了氣。

「今天是負面思考的日子嗎？」

「不行嗎？」

「只是覺得不像個性剛強的留美小姐的作風……發生什麼事了嗎？」

「男朋友很認真地劈腿了。」

緊抿著嘴的留美，眼神看來有些寂寞。

「這……我實在沒辦法說出安慰妳的話呢。」

「而且還老實地承認了。」

反正不管講什麼都沒用，仁想安撫她的情緒，輕輕摸了她的頭。這時，他突然被用力地捏了臉頰。

「我都說很痛了，留美小姐。」

「你擅自在做什麼？」

「想要疼愛一下可愛的留美小姐。」

「不行。今天什麼也不讓你做，當作是懲罰。」

「懲罰？」

「放著我不管就睡著的懲罰。」

「因為留美小姐不喜歡一起洗澡吧？」

「而且還劈腿。」

「我還真是窮途末路了……」

「所以，什麼事也不讓你做。你就帶著年輕人的血氣方剛去掙扎忍耐吧。」

「為了不要千篇一律，這種玩法偶爾也是必要的吧。」

仁的額頭被敲了一下。最好不要再多嘴亂講話。

「懂了嗎？仁不能主動碰我喔？」

話雖如此，仁的身體有一半還是跟留美緊貼在一起……

「身為血氣方剛的年輕人，這還真是痛苦啊。」

「忍耐吧。畢竟你又不是猴子。」

「雖然我沒資格說，不過高中男生可是全都連猴子都不如。」

留美沒有回應，只是把頭放在仁的胸膛上，彷彿傾聽著仁的心跳聲，靜靜閉上雙眼。剛洗完澡的留美髮梢傳來香甜的味道，誘惑著仁。仁正想再次撫摸而就要伸出手的時候，為了遵守剛才的命令，又把手縮了回去。

接著有一段時間，兩人只是以肌膚感受著彼此的體溫。

「仁。」

「嗯？」

「公司的前輩約我這個週六去吃飯。」

「男的？」

「要是女的，我就不會跟你說了。」

說的也是。對於自己提出問都不用問的蠢問題，感到有些後悔。

「妳怎麼回答？」

「還沒回覆。」

「這樣啊。」

「還『這樣啊』咧，只有這樣嗎？好歹也該說個『那麼，下週六的早餐、中餐及晚餐，都由我來為心愛的留美小姐做飯』吧？早上烤個麵包，中午就吃義大利麵吧。晚上想吃日本料理。」

「要控制卡路里嗎？」

「要加上仁滿滿的愛。」

「甜點呢？」

留美像是想到了惡作劇一般，從喉嚨深處發出笑聲。

「那就來吃仁吧。」

「留美小姐。」

「幹嘛？」

甜美的聲音透過身體，傳達到鼓膜。

「我不得不說妳剛剛那個是搞笑失敗了。」

仁這麼一說，留美剛才為止的好心情彷彿騙人似的，露出了不高興的表情。

「你既然是男朋友，剛剛就應該發笑才體貼吧。」

「避免讓重要的女朋友搞笑品味變差，不也是男朋友的工作嗎？」

「這種話我當然不會對仁以外的人說啊。」

「不這麼做的話，會打亂內心的平穩。」

「你還真敢說，明明完全不為所動。也不知道你現在又在想些什麼。」

「正在想今天是不是真的沒辦法做什麼了。好想吸吮留美小姐Q彈的嘴唇，還有……要全部講完嗎？」

「真的是連猴子都不如。」

「開玩笑的啦。我在想留美小姐的事。」

「那你好歹也問一下吧？」

「嗯？」

「比如說對象是個什麼樣的傢伙。如果有害蟲靠近自己的女朋友，一般都會很在意吧？」

「我很在意。」

仁的頭又被打了一下。

「年紀呢？」

「今年應該是二十八歲。」

「就年紀是我贏了……長相呢？」

「普普通通。仁不知道比他帥了幾倍。」

「個子呢？」

「平均身高，不胖也不瘦。」

「工作呢？」

「不上不下吧。工作不差，倒也不特別厲害。」

「待人處事呢？」

「感覺上懂很多。沒有特別擅長或不擅長的。」

「真是個不怎麼有趣的人啊。」

「是啊。不過，也許是個不錯的結婚對象。而且又是次男。」

「結婚……」

仁驚訝地抬起臉。留美依然把頭放在仁的胸膛，彷彿沉睡般閉著眼睛。

「有那麼驚訝嗎？」

「留美小姐還沒到需要焦急的年紀吧？」

「要是一直這麼想，保存期限很快就會過了。在公司裡也有給人『啊～～這個人已經放棄了呢』的感覺的人喔。」

「就算留美小姐三十歲了，我還是願意抱妳。」

「笨蛋。」

「我可是很認真的呢。」

「好，好。」

「那麼，留美小姐對這位平均值先生有什麼樣的看法？」

既然會說是不錯的結婚對象，應該思考過要不要交往吧。也就是說，是個值得煩惱的對象。

「就覺得他真是個平均值先生啊。」

「就男人而言，實在是個令人高興不起來的評價啊。」

「那是因為仁愛慕虛榮啦。我剛剛也說過了，我覺得他會是個不錯的結婚對象。他又是不會劈腿的類型，跟仁可不一樣呢。」

「先撇開這個話題不談……留美小姐正在猶豫囉？」

「……」

留美沒有立刻回應，只是緩緩地吐氣。

大概是不打算回答。自己想說的已經說完了，所以感到滿足了吧。平常留美就有這樣的習慣，只是希望別人傾聽她說話而已。

「欸，仁。」

對於想轉移話題的留美，仁老實地如此回應：

「什麼事？」

「要不要來做點下流的事。」

「今天玩了吊人胃口的遊戲，已經滿足了。」

「這樣啊……那麼，來睡覺吧。」

「就這樣睡？」

「牽我的手。」

仁輕輕握住留美的手，不過留美還不肯從仁的身上離開。沒把握現在就會喪失機會，於是仁自然地開口了。

「我今天有話要對留美小姐說。」

「不行。」

「為什麼？」

「每當男人說有話要說時，要不就是談分手，再不然就是求婚。而後者的可能性是零吧。」

「是嗎？不能否定求婚的可能性吧。我已經十八歲了喔。」

「這才是真正的大問題。我要拿什麼臉去見仁的父母啊？」

「就跟平常一樣，帶著漂亮的臉蛋去就好了啊。」

雖然仁是在開玩笑，但留美卻沒有笑。

「他們一定會覺得我是欺騙了他們的兒子、像惡魔一樣的女人啦。」

「關於這一點，我沒有自信能夠幫腔。」

「所以，我不想聽的事是什麼？」

「妳願意聽啊?」

「沒辦法啊,誰叫我年紀比較大呢。」

這兩年來一直都是這樣。每次遇到什麼事,留美就會提起年紀。最近開始覺得,這是她的自負;是她的責任;也是她感到後悔的事。

對於這樣的留美,仁把昨天就準備好的話清楚地說出口。

「我想報考大阪的大學。」

聽完這句話的留美,靜靜地露出溫柔的微笑。就像是惡魔般美麗的笑容。

2

隔天,仁來到學校已經是第二堂課的時間。換上室內拖鞋,在上課中的校舍內前往教室。仁穿著室內拖鞋拖行的腳步聲,在走廊上迴盪著。

現在是發放期末考考卷的時候,各個教室傳來老師解說正確解答的聲音。

寒假在即,校內氣氛有些靜不下來的感覺。學生們滿腦子都是即將來臨的聖誕節還有新年,似乎不怎麼認真聽老師講課。

不過，這也都在仁一踏上三樓時完全變了，突然轉變為緊繃的氣氛。在水高當中，一樓是一年級；二樓是二年級；三樓則是三年級生的教室，在這個季節這樣的情形是正常的。

雖說是大學附屬高校，但能夠免試直升水明藝術大學的學生卻很有限。大概是全部的四分之一，當然剩下的四分之三就是考生。

一爬上三樓，仁突然停下腳步。

「呼啊～～」

接著，以毫無緊張感的表情大大打了呵欠。

「好睏……」

眼皮沉重的原因顯而易見。昨晚告訴留美自己要報考大阪的大學之後，受到嚴重的言語攻擊，幾乎沒得睡。

仁再次打了個大呵欠，拿下眼鏡，擦拭眼角的淚水，順便將眼鏡的髒污擦乾淨後重新戴上，然後轉過身折返回樓梯。

「上課PASS。」

回到一樓，穿過鞋櫃前，前往保健室。

敲門後走進去。

「打擾了。」

保健室裡空蕩蕩的，平常應該在的保健老師也不在。

「算了，無所謂。」

仁走到用簾子隔開的床鋪。正以為沒人在而打開簾子的瞬間，仁的動作驟然停頓下來。

因為床鋪上有個認識的人。

像貓般拱著背睡覺的，是青梅竹馬上井草美咲。她絲毫不在意制服被壓皺，反覆深層睡眠的呼吸。大概是因為不好睡，只見她領帶解開，上衣的兩個釦子也是鬆開的，縫隙間隱約可見白皙的胸前，捲起來的裙襬下則露出誘人的大腿，差一點就快看到內褲了。

「別在這種地方睡得這麼沒有防備啦。」

仁想幫她把似乎是被踢開的毯子蓋好而探出身子。這時，美咲胸前有東西閃閃發亮。是小熊造型的銀飾。

這也是今年生日時，仁送給她的禮物。從那以來，美咲便每天都戴在胸前。

雖然是有些孩子氣的飾品，不過戴在美咲身上卻不會不協調。

仁已經準備了與那個首飾同樣以熊為造型的戒指，要做為聖誕節禮物。

他從口袋裡拿出戒指，目光自然朝向美咲的左手無名指。因為是第一次幫美咲買戒指，對於只用目測選的戒指尺寸感到有些不安。

如果是現在，就可以安全確認了。美咲不論做什麼事都竭盡全力，當然睡覺也不例外。如果

她睡翻了，是不會輕易就醒過來的。

仁拿起美咲的左手，將戒指戴在無名指上。

尺寸剛剛好。

「突破第一關了。」

仁發出安心的吐息。

滿足地看了美咲戴著戒指的左手一會兒，然後準備將戒指從手上拔下來。

但是，與戴上去的時候不同，明顯有卡住的感覺。

即使一邊緩緩轉動，還是拔不下來。

——慘了。

以詞彙表現出這感覺時，緊張感緊緊束縛全身。明明是冬天，背脊卻開始流下不祥的汗水。

而且，就在仁一度放開手的時候，美咲翻了個身，像祈禱般將雙手靠近胸前。

雖說美咲是不太容易醒來的人，不過要是在這時醒過來就完了。在這樣的緊張感中，仁抓住美咲埋進胸間的左手。

就在這時，另一個床鋪的簾子在背後氣勢驚人地打開了。

「……！」

雖然仁沒發出慘叫聲，但全身都受到了驚嚇。

轉過頭去一看，發現有個正在打呵欠的美術老師。正是以監督教師身分一起住在櫻花莊的千石千尋。

兩人目光一對上，千尋便這麼說道：

「考慮一下之後要用的人，可別弄髒了喔。」

接著，似乎對仁也沒特別有興趣的樣子，披上掛在床鋪旁邊的西裝外套。

因為對方是千尋而鬆了一口氣。

「千尋，翹課嗎？」

「心情不好，只是在睡覺而已。」

「如果當作是身體不舒服，這世界可能會轉動得比較順暢喔。」

「那種事根本就不重要。」

千尋打著比剛剛還要大的呵欠，準備走出保健室。

「啊，千尋，等一下。」

「幹嘛啊？」

「有沒有可以拔下戒指的好方法？」

千尋帶著依然惺忪的睡眼，目光筆直朝向美咲的左手。

「很擅長塞進去，卻不會拔出來？」

「因為那是我的專長嘛。」

「你還真是個不正經的男人啊。」

千尋臭罵了仁一頓，回到床邊。

「好久沒被千尋說成這樣了呢。因為最近這都是空太的工作了。」

仁說著這些話的同時，千尋用力拉扯美咲的左手。

「嗯嗯……不行啦，喵波隆……」

美咲說了莫名其妙的夢話。

「不把她吵醒的話，我會很感激的。」

「我倒覺得就這樣放著比較好。」

才剛這麼說完，千尋便輕戳美咲的頭。

「好了，上井草，趕快起來了。」

「等一下！千尋，妳在做什麼！」

「好久沒看到你慌張的表情了呢。你這張臉跟神田好像。」

「嗯？咦？已經天亮了嗎？」

美咲微微睜開眼。這下慘了，再過兩秒就會完全清醒了。她可是清醒得超快的。仁才正這麼想的時候，美咲便說著「真是個美妙的早晨啊～～」並一躍而起，在床上看著仁。

「咦？仁？早安啊！」

「啊啊，早啊。」

仁的表情僵硬。這也難怪。現在的這一瞬間，戒指還套在美咲的手指上。

「我突然想起還有重要的事，先走了。」

迅速轉向背對美咲後，仁便以逃命般的腳步準備離開保健室。

緊接著，被千尋給叫住了。

「三鷹。」

仁不情願地回頭。這時，千尋丟了某個東西給他。

他慌張地以雙手接住。打開雙手，竟然是原本應該還戴在美咲手上的戒指。

「這人情你可欠大了。」

「什麼什麼？你們在說什麼？」

美咲敏銳地跟上話題。

「不久之後，妳就會知道了。好好期待吧。」

千尋又多嘴說了不該說的話。

「只有仁跟千尋彼此知道，太奸詐了！我也要摻一腳！」

仁心想繼續待在這裡太危險了，向千尋道謝後便逃出保健室。

來到走廊的這一瞬間，他開始激烈地嘆氣。

「呼～～還以為會沒命……」

3

離開保健室的仁，為了尋求其他可以悠哉的地方而來到頂樓。

一階階踩著往上爬。

推開連接頂樓的沉重的門，來到外面，迎接仁的是清新的空氣。十二月晴朗清透的天空，一望無際。

仁像是要獨占這天空一般，仰躺在頂樓的長椅上，鬆開領帶，解開一顆釦子，接著緩緩閉上眼睛。這次就可以好好睡了。

正這麼想的時候，傳來了有些淒涼悲傷的小提琴聲。仁靜靜睜開原本已經閉上的雙眼。

接著，維持仰躺的姿勢，將視線移向聲音傳來的方向。

在頂樓入口處的上方，用梯子再往上爬一層的地方。水塔的上面有人影，是個身穿水高制服的高䠷女孩子。髮型看起來不知道是睡壞了還是原本就這樣，戴著耳機像是要壓住鬆軟短髮，以流暢的動作演奏著小提琴。

因為正閉著眼睛專注在樂曲上，所以應該還沒發現仁的存在。

拉著小提琴的她就這樣完美地演奏完一首曲子。

唯一的觀眾——仁輕輕地鼓掌。

這時，她緩緩放下小提琴與弓。這動作看來十分精練優雅。

「三鷹，你在啊？」

即使她如此不客氣地打招呼，仁也不感到驚訝。因為這位眼神凜然的小提琴演奏者，是他認識的人，名字是姬宮沙織，是被美咲暱稱為「皓皓」的音樂科三年級生。順便一提，之所以本名為「姬宮沙織」，卻有「皓皓」這個暱稱，是因為她以前所使用的耳機上刻有「ＨＡＵＨＡＵ」這個商品名。她自從被叫這個可愛的綽號以後，便不再使用原本很喜歡的那個耳機了。至少仁沒再看過。

「唷，皓皓。」

仁以可愛的綽號稱呼沙織，她則明顯地露出厭惡的表情。

「不要用那個名字叫我。」

「我覺得很可愛啊。」

「所以才不適合我。」

確實，以年齡而言外表較成熟的沙織，與其說可愛，漂亮、美人或帥氣的印象還比較強烈。

「那麼，皓皓在做什麼呢？」

大概是覺得講了也沒用，沙織無視仁的問題，以謹慎的手勢把小提琴收回盒子裡。接著又以讓仁看得到的動作，把隨身音樂播放器的音量調高。

「皓皓。」

「……」

聲音大概被音樂蓋過了吧。

「皓皓。」

「你很煩耶，三鷹。到底有什麼事？」

看來似乎只是單純無視仁的存在而已。

「我從這裡可以很清楚看到妳的裙底風光喔，想說姑且告訴妳一聲。」

因為她穿了黑色絲襪，所以其實看不太到什麼。

「你不是那種只因為內褲就吵吵鬧鬧的正常人吧。」

「正如您所洞察的，我現在只對裡面的東西有興趣。」

絲毫不在意仁的性騷擾發言，沙織小心地抱著小提琴盒，從水塔上跳下來。裙襬輕飄飄地飛揚起來，又因為重力而回到原本的位置。

這時，仁並沒有看著沙織。非禮勿視。

沙織爬著梯子回到頂樓的地上。她沒有就這樣停下腳步，而是走近躺在長椅上的仁身邊，在他頭後方的位置停了下來。

即使倒著看依舊凜然的沙織的臉，俯視著仁。

「妳今天在聽什麼？」

沙織拿下耳機，一句話也沒說就將耳機貼近仁的耳邊。

傳來的聲音，是去年發售的ＲＰＧ大作戰鬥音樂。因為發售當時，空太很沉迷其中，所以即使沒玩過的仁也記得這曲子。真不愧是曾負責美咲自行製作的動畫，或者文化祭時櫻花莊成員製作的「銀河貓喵波隆」的音樂，沙織的興趣非常廣泛。雖然主要是古典音樂，卻也很平常地聽著流行音樂、搖滾樂、遊戲或動畫的音樂。她本人的說法是每種音樂都各有魅力，就將來以作曲家為目標的自己而言，每樣都是優秀的教材。不僅限於現場演奏，她也常以數位處理的輸入方式製作曲子。實際上她為美咲製作的動畫所做的曲子，有一半都是用數位輸入製作的。

仁以眼神表示已經夠了，沙織依然一句話也沒說就把耳機戴回自己頭上。

沙織的視線從剛才就一直集中在一點——仁的衣領邊。

「你脖子上的齒痕是怎麼回事？」

仁沒有立刻回答，摸了摸齒痕的地方，還殘留些微疼痛。

「我告訴留美小姐我要去報考大阪的大學，然後就被咬了。」

「你是在什麼情況下說出這麼重要的話？」

就算不問也想像得到吧。沙織的眼神充滿了鄙視。

「當然是在床上相擁著的時候？」

「三鷹。」

「什麼事？」

「你真是差勁。」

「能讓妳這麼說，真是有種被救贖了的感覺。」

「你總有一天會被砍的。」

「到時候我會全盤接受的。」

仁試著如此開玩笑，沙織則發出「真是受不了」的嘆息。雖然就仁而言是頗為認真，不過這想法似乎無法讓對方知道。

「皓皓跟學生會長還順利嗎？」

不知道是今年五月還是六月……沙織接受了學生會長館林總一郎的告白，兩人開始交往。

「他已經是前學生會長了。」

水高的學生會卸任的時期較晚，會一直工作到秋季的一大盛事——文化祭結束為止。文化祭期間，會進行下一屆學生會的選舉，然後結束時同時進行交接。所以，學生會成員更新以來，大概只過了一個月。在這樣的時期，前任者被稱為學生會長的機率很高。

「我們吵架了。」

「咦？」

「就是說，我跟他之間……有摩擦。」

「會不會是妳說錯了？其實是搓揉（註：原文為「揉む」，有「爭執摩擦」與「搓揉」的意思）？」

「三鷹，你到底幾歲啊？講的話跟四十幾歲的大叔沒兩樣。」

「我是精力旺盛難以對付的十幾歲少年啊。不然，妳要不要試試看？」

「不好意思，我可是連男友都還沒碰過，當然不可能讓三鷹碰了。」

仁起身，沙織坐在旁邊的長椅上。

「跟他……已經半年了吧？從你們交往到現在。」

「六個月又二十一天。」

「……」

不知該說是正經還是太認真，她一定是每天早上腦袋浮現今天已經是第幾天了，然後才來上學的吧。仁實在是學不來。

「也沒接吻嗎？」

「沒有。」

「手呢？」

「沒牽過。」

「啊，也難怪會有爭執了……」

仁發出掃興的聲音，沙織卻意外地立刻緊咬不放。

「不好意思，他和你是不一樣的。」

「都是雄性這一點是一樣的吧。」

大概是觸怒她了吧，眼神突然變得銳利。

「因為他很珍惜我。」

「珍惜啊～～其實很想做很多事，卻一直在忍耐的意思。」

「都說了不要拿他跟你相提並論。」

「我覺得會想觸碰喜歡的女孩子那種感情，是非常認真的。皓皓不會嗎？」

「這個……那個……我也是，多少……有一點興趣。」

沙織也許是覺得不好意思，微微低著頭。

「原來如此，興致勃勃啊。」

「我說了是多少有一點……不對，我們吵架是因為留學的事。」

即使動搖，沙織還是拉回話題。她的眼神充滿力量，要是再繼續調侃她，大概真的會生氣。

「對喔，皓皓，是奧地利嗎？記得妳說過畢業後就要過去。」

「嗯，從跟他開始交往之前，就已經決定要去了。可是他卻說我為什麼不在他告白時就告訴他……因為在回來前有好幾年要分隔兩地，所以我確實在反省應該事前就要說的。」

「嗯～～想法真是呆板啊。」

「不，等等。我為什麼要講這些？我的事不重要。三鷹你又打算怎麼辦呢？對美咲說你要去大阪的事了嗎？」

「我會說啊。聖誕節的時候，我會全部告訴她的。」

「……」

「為什麼提問的人會一臉打從心底覺得意外的表情啊？」

「那當然是因為打從心底覺得很意外啊。是有什麼契機嗎？」

「因為快畢業了，總是會思考很多吧。」

「我不覺得只是因為這樣。」

沙織出奇地敏銳，追問的目光射過來。

「沒什麼大不了的事啦。只是……身邊有個焦急慌張、手忙腳亂的窩囊傢伙。所以我開始能稍微想著『啊，我也是這個樣子吧』來客觀看待自己，感覺好像知道未來應該怎麼做了。」

「把那個人講得真難聽啊……真是讓人同情。」

沙織一副覺得很可憐似的，表情變得陰鬱。仁只用眼神笑了笑，繼續說下去。

「想要馬上得到結果，因為不順利而感到著急，然後又變得更焦躁……如果永遠持續這樣，會沒辦法前進，這是我在這三年裡學到的。因為沒辦法在高中時突然改變方向，當然只能抓緊升學這個機會。嗯，也就是說，我多少了解了欲速則不達這句話的偉大了。」

「欲速則不達……嗎？也就是說，你決定不再繼續焦躁了？」

「就是這樣。」

「你倒是講得很乾脆呢。就算是已經下定決心的事，我也還是會猶豫啊。」

「那是一定的吧。人類就是這樣。我也還在猶豫啊。就算已經決定不要再著急，可是突然回過神，發現自己還是感到焦躁。不過，要說想當劇本家的目標，我覺得至少要花四年認真面對，不然什麼也看不到，所以不把現在當作結果。只是這樣而已。」

「只是這樣而已……嗎？」

「因為人生這玩意兒，似乎是比我們所想的還要更長遠呢。」

仁跟留美差了八歲。八年是相當長的時間。不過，二十六歲的留美在公司還是年輕的新生代。這樣看來，高中生根本就是才正要開始而已。

要放棄什麼還太早了。

「就算是這樣……四年還是很漫長。」

沙織抬頭仰望遠方的天空。

「是啊。」

仁也跟著抬起頭來。

四年確實很漫長。雖然比小學六年短暫，卻比國中、高中還要長。

就算從還沒滿二十年的人生來看，四年也佔了很大比例的時間。不過，要是因為在意這個而變得急躁，結果就跟之前沒有兩樣。

「要說才能這種事，至少得等做完能做的事再說。不然對於認真在做的人就太失禮了。」

「是啊。」

「況且，要是能做的都做了卻還是不行，到時候也一定能夠死心。雖然不管如何都一定會跌倒……至少不能再繼續這樣半吊子了。」

「難道不能留在水明，待在美咲的身邊嗎？」

「那可不行。」

仁一笑置之。

「因為我比皓皓所想的還要來得喜歡美咲，一定會因為戀愛而神魂顛倒。」

「你說的話有多少是真心的？」

「純度百分之百是真心的。應該是我比較喜歡美咲吧。」

「今天的你實在有些坦白過頭，讓我覺得很噁心。」

「真過分啊。這種時候，就不能說讓妳忍不住迷上我了嗎？」

「真不湊巧，我的心是男朋友的。」

「學生會長真是被深愛著啊。」

「他是前學生會長。」

「是，是。」

「……不過，這樣啊。三鷹已經決定要在接下來的四年不斷挑戰自己的目標……我覺得這對美咲來說，應該不是值得高興的事……」

「美咲大概會無法理解吧。無法理解我為什麼會說出這樣的話。不過啊，既然決定要去甲子園了，就不得不每天認真練習啊。就算在運動場外，同年紀的其他人在玩樂也一樣……所謂的選擇，就是這麼一回事，是沒有閒工夫談戀愛的。」

「你真的很厲害。」

沙織瞇著眼，露出憐愛般的表情。

「哪裡很厲害？」

「我因為留學的事跟他有了爭執之後，就一直在思考是不是不去留學了。不過，多虧三鷹，我現在清醒了。」

「……」

接下來的話，不用問也知道。

「我要去留學。」

筆直看著前方的沙織，彷彿說給自己聽般宣言。

「這樣啊？那我可會被學生會長怨恨了。」

「都說是前學生會長了，要我講幾次才懂？」

這時，頂樓的門發出聲音打開了。

「真是說人人到。」

走進來的是一位男學生。認識的臉孔，館林總一郎，前學生會長。認真又死腦筋的男人，氣喘吁吁地站在頂樓門前。

「總一郎，你為什麼會來這裡？」

「因為聽到小提琴的聲音，覺得妳可能在這裡。」

總一郎反覆急促的呼吸。

「現在在上課耶。」

「我說身體不舒服就跑出來了。」

總一郎很不好意思似的抓了抓頭，一臉像是害羞又像困惑的表情……

「哎呀，這是學生會長該做的事嗎？」

總一郎銳利的目光瞪著調侃自己的仁。

「吵死了，三鷹。而且，我是前學生會長了。」

對於跟女朋友說出同樣話的男友的態度，仁今天第一次大笑。

「你、你在笑什麼！」

「你們真是相配的情侶檔啊。」

「什麼！話說在前頭，我們可是很健全的關係喔。」

「我知道啊。就連手都沒牽過吧？」

因為這麼一句話，總一郎滿臉通紅。

「你、你為什麼會知道！」

「總一郎，對不起。那個，剛剛在聊天時……我不小心脫口而出了。」

仁用眼角餘光看著一臉抱歉招認的沙織，從長椅上站起來。

接著準備回到校舍，便走近站在門口的總一郎。總一郎一臉不高興的表情直瞪著仁。

「三鷹，既然來學校了就要去上課。」

「這句話，我原封不動地還給你。」

他這麼說著經過總一郎身邊，打開連接校舍的門時又回過頭來。

「啊，對了。」

「幹嘛？」

總一郎帶著像威嚇又像警戒的眼神。仁輕鬆地不當一回事說道：

「皓皓說她興致勃勃喔。」

「你這個笨蛋！」

臉頰泛紅的沙織大叫。總一郎似乎沒搞清楚是什麼事，皺著眉頭露出疑惑的表情。

「怎麼回事？」

總一郎向沙織提出疑問。

「不是那樣。我只不過是說多少有一點興趣……啊，這樣的話結果還是有興趣的意思……呃～～……我是說，那個……」

「那麼，兩位慢用。」

仁這麼對內心動搖的沙織與依然搞不清楚狀況的總一郎說道，便離開了頂樓。

「啊，站住！三鷹！你怎麼可以在這種狀況下走人！」

當然，仁無視沙織的慘叫，走下了樓梯。

剩下的就是兩個人的問題。不管是今後的關係或留學這件事，該如何討論、做出什麼樣的結論，都不是仁該插嘴的。

「不過，那個樣子看來，應該是不用擔心吧。」

還有問題的，反而是仁自己。

4

結果，仁只有出席第四堂課。

考試後的這個星期只有上午有課，所以很快就來到放學時間。

仁想著中餐要吃什麼，在鞋櫃前換好鞋子走出去，這時隔壁的鞋櫃冒出了認識的臉孔。是來到櫻花莊沒多久、住在２０３號室的青山七海。

七海注意到仁而停下腳步，大大的馬尾搖晃起來。

「喔。」

「你好。」

七海輕輕地點頭致意。

「那個，我還要去打工。」

「因為要是跟我一起回家，可能會被傳些奇怪的流言吧。」

「我是真的要去打工！」

「青山同學馬上就認真起來這一點，還真是可愛。」

「學長最好不要對誰都講這種話。」

七海一臉受不了的表情。

「我只對青山同學這麼說喔。」

七海無視仁說的話，準備離開。

「哎呀，我這麼讓妳討厭嗎？」

仁雖然感到洩氣，倒也緩緩邁開腳步，青山就停在面前。抬起頭，兩人目光再度對上。

七海似乎想說什麼。

「那個……三鷹學長。」

「嗯？」

「我有事想問你。」

「我今天晚上有空，可以陪妳到天亮喔。」

「沒、沒有人問這種事！」

「好，好。玩笑就開到這裡，要問我什麼事？」

「……」

「妳不是有事想問我嗎？」

畢竟七海剛剛準備離開，又特地停下腳步。可以想像，這問題應該是對七海很重要的事吧。

「……那個……約會的時候，女孩子打扮得可愛一點，三鷹學長會覺得比較高興嗎？」

七海即使害羞地別開目光，還是以清楚的聲音問道。

「嗯，是吧。」

「那個……如果是褲子跟裙子比……」

「當然是裙子好啊。我倒也不討厭褲裝，只是如果是第一次約會，女孩子穿著牛仔褲來，多少還是會失望吧。」

「……我想也是。」

原來如此，這樣啊？七海小小聲地說著，陷入思考。

「這方面，我想空太應該會有相同的反應，妳就好好加油囉？」

「跟、跟神田同學又沒關係！我也不是在說我自己！況、況且，我不是那個意思，只、只不過是對一般人的想法有興趣才問的……」

「原來如此，一般人的想法啊。」

「我是說真的，請不要做奇怪的想像，也不要追問。那、那麼，我還要打工，先走了！」

七海小跑步離開，背後的馬尾搖晃著。

仁自然而然地叫住她。

「青山同學。」

停下腳步的七海緩緩回過頭。

「什麼事？」

一臉警戒的表情。

仁苦笑著給了建議。

「妳可以試著把頭髮放下來。」

「……」

七海大概是對仁的發言感到很意外，驚訝地睜大了眼睛，接著口中喃喃自語，用右手摸著註冊商標馬尾。

「為了讓遲鈍的高二男生知道妳的心意，至少要有這樣的表現絕對會比較好。不過，當然這只是一般人的想法。」

「我會當作一般人的想法銘記在心的。那個……謝謝你。」

「我是站在談戀愛的女孩這邊的。妳不知道嗎？」

七海再次道謝，規矩地點頭致意，接著為避免打工遲到，用跑的離開仁的面前。腳步看來非常輕快。

「那麼～～空太會怎麼做呢？」

雖然現在空太只注意到春天搬來櫻花莊的椎名真白，不過，要是察覺了七海的感情……即使不是這樣，只要一度意識到七海，未來會如何還很難說。雖然仁沒什麼資格說別人的事，但真白在戀愛層面可是困難度很高的對手。

仁想到這裡，決定不再尋找答案。沒有閒工夫擔心別人的事了。

昨天告訴留美自己要報考大阪的大學，還有自己認真以劇本家為目標的心情、為此想全神貫注念書。不過，彼此至今累積的情感，卻沒辦法輕易解決。況且，這只是仁的任性自私而已。

衡量目前的關係與將來，仁選擇了將來。不是一起討論，只是以告知結果的形式……

不管留美說了什麼或對仁做了什麼，仁都沒有反駁的餘地。所以在頂樓開玩笑似的跟沙織說過，不管被六位女朋友當中的誰砍了，也不能有怨言，因為是自作自受。

所以，不管要花多少時間，只能一個人一個人去面對。今天打算告訴戲劇學系四年級的麻美學姊；明天是護士紀子小姐；後天是花店的加奈小姐。

「……我搞不好真的會被砍呢。」

接著是年輕人妻芽衣子小姐，最後是賽車女郎鈴音小姐。

在這之後才是美咲。

今天是十二月十三日。也許會趕不上聖誕節。若是這樣，要給美咲的戒指就先送出去吧。

仁穿過校門，獨自走在前往櫻花莊的路上。一步步仔細體會不知往返了多少次的道路，逐步往前邁進。

途中要經過兒童公園前的時候，仁想傳簡訊給留美而從口袋裡拿出手機。

這時手機剛好響了。

是簡訊。

寄件者是留美。

沒有主旨，只有本文。

仁緊張地用手指點開簡訊。

上頭只簡短地如此寫著。

——你如果考上大學，我就跟你分手。

仁反覆看了好幾次後，靜靜地闔上手機。

「……」

他緊咬下唇，炙熱的情感在體內萌芽。苗芽很快地長大，在仁的心中開出美麗的花朵。

有人願意原諒自己。有人願意原諒還是小孩子的自己……到了這個年紀，還是只能安於接受這種狀況，實在是窩囊到想死了算了，不過現在卻已經不在意了。因為有更巨大的情感，從胸中滿溢出來。那就是感謝留美的心情……

只有自己得到許多東西，卻什麼也還不了。光是短短一行的簡訊，就讓相遇至今的時光有了意義。這全都是因為留美。

仁唯一能回報留美的，就是考上大學並且向前邁進，成為不愧於她的用心的大人。

「留美小姐，實在是太帥了。」

仁對著天空如此呼喊，這時再度響起收到簡訊的鈴聲。

——追加　等你來向我報告上榜時，備份鑰匙再一起還給我。不會再讓你進我的房間了。

文章的最後有個可愛的生氣表情符號。

仁沒有回信。

闔上手機，抬頭向前走了出去。

一輩子都不會忘記這種心情。

這個讓人胸口發熱的感謝心情……

青山七海少女的聖誕節

剛開始只是眾多同班男同學的其中一個而已。
他撿到棄貓的時候成為契機，逐漸開始有了互動。
二年級也在同個班級……
初夏時也開始住在同一間宿舍。
聚集學校問題學生的櫻花莊……
距離急速拉近了。
但卻因為就在身邊，變得比以前更說不出口。
要說出這份感情，變得越來越困難……

1

告知第四堂課結束的鈴聲響起，教室裡瞬間吵雜了起來。剛才還在睡覺的學生也醒了，為了不在午餐的爭奪戰中落後，慌慌張張地跑去福利社。

對於學生們現實的態度，還留在教室裡的現代國文老師——白山小春發出不滿的聲音，不過也沒人在認真聽。小春一副「算了」的樣子鬧彆扭，並走出教室。

在這其中，坐在教室角落的青山七海帶著認真的表情低著頭。註冊商標的馬尾橫向垂著，眼睛則看著自己放在桌子抽屜裡的雙手。

手中有兩張紙，是舞台劇的票。

這是昨天住在同一間宿舍……櫻花莊的三年級男學生——三鷹仁給的。

七海以眼角餘光偷看隔壁座位。坐在那裡的是同樣住在櫻花莊，又是同班同學的神田空太。

空太正從書包裡拿出便當盒。不知為何，有兩個便當盒。不過七海不覺得有疑惑，因為她知道其中一個是誰的。

察覺到視線的空太抬起頭，看著七海的方向。

「妳想要便當嗎？」

「才、才沒有！」

七海迅速將雙手放進抽屜裡。

「沒有啦，因為我感受到像是狙擊獵物般的銳利視線，所以才會以為是這樣。」

「我才沒有用那種眼神看你。」

「明明就有。」

「沒有。」

七海大概是緊張的關係，所以就空太看來才會以為是在威嚇他。七海心想這樣不行，做了個深呼吸，接著告訴自己要注意自然的態度，開口說了：

「那、那個，神田同學。」

不過，聲音卻有些變調。

「嗯？」

回應的空太站了起來，大概是要把便當送到美術科教室去。餓著肚子的天才畫家……椎名真白一定就在那裡等著吧。真白在櫻花莊裡住在七海的隔壁，因為某些緣故，由空太負責照顧她的生活起居。

「什麼事？」

「還是算了。」

「……忍耐對身體不好喔。對我有什麼抱怨就說吧。」

「我沒有要抱怨什麼……只是……」

「只是？」

「沒有要抱怨。」

即使七海又說了一次，空太還是一臉無法釋懷的表情。

「算了，沒有要抱怨就好……這樣我也比較慶幸。」

「我平常看起來都像是有事要抱怨的樣子嗎？」

「那麼，我去送便當給椎名了。」

大概是判斷情勢不利，空太故意岔開話題，走出教室。七海一直目送他直到看不見背影為止。不過，空太並沒有回頭。

「我到底在做什麼啊……」

再次確認抽屜裡的入場券。昨天從仁那邊收到以後，就一直在思考要邀誰一起去。最先浮現在腦中的，是剛剛走出教室的空太。接著還想到班上的朋友或訓練班的夥伴、櫻花莊的成員等，最後剩下的還是空太。

話雖如此，一旦想到要約他，「希望你跟我一起去」這句話卻始終說不出口。

舞台劇的日期實在太不湊巧了……

十二月二十四日，聖誕夜。

雖然明白以不同觀點來看，這是個絕佳的機會。不過到目前為止，七海從來沒有開口約空太兩人一起出門的經驗，對於這樣的她而言，第一次就是聖誕夜，難度有些太高了。

只是一起去看舞台劇後就回家。但卻因為這個日期，七海害怕被解讀成有其他含意。

「……雖然確實是有其他的含意啦。」

七海小聲低喃。

「七海～～一起吃午餐吧！」

出聲叫喚心情低落的七海的人，是同班同學高崎繭。

七海一看教室後方，繭嬌小的身體雀躍地不停揮手。身高剛好是１５０公分，些微的娃娃臉，很適合短鮑伯頭。

七海從書包裡拿出手製的餐盒，往繭所在的教室後方移動。

「彌生呢？」

少了一位平常總是一起吃午餐的朋友。

「去福利社。她說今天無論如何都想吃炒麵麵包。」

這麼說的同時，穿著運動服的本庄彌生立刻小跑步回到教室，手上拿著福利社的紙袋。從一看到七海與繭就露出笑容的情況看來，應該是買到想要的麵包了吧。

除了麵包以外，彌生還從自己的座位拿了便當過來，與兩人會合後，三個人圍著桌子。

「開動了。」

三人乖巧地如此說完後，都打開了便當。彌生的便當已經少了一半。因為平常總是這樣，事到如今七海與繭也不會感到訝異了。

本庄彌生是隸屬壘球社的運動少女，１７５公分的高挑身材。因為每天早上練習而消耗卡路里，肚子似乎撐不到中午，大概都在第三堂課結束時打開便當，快的話則是第二堂課下課後。不僅彌生，隸屬於早上需要練習的運動社學生，大概都是這個樣子。而且中午也想吃飽，不足的部分就從福利社來補充。因此，倒不是什麼奇怪的事。

「今天炒麵麵包得手了。我跑得真夠快。」

彌生津津有味地大口咬著炒麵麵包，把它當作配菜吃著飯。真是驚人的碳水化合物聯盟。

「啊～～妳又這樣吃東西了！」

「有什麼關係呢？反正進到胃裡還不都一樣。」

繭露出嫌惡的表情。

彌生不在意地說著。

「會害我沒食慾！」

「這樣的話肚子的肉會自然消滅，不是正好嗎？」

「我、我的肚子才沒有贅肉呢！」

「喔，繭是單純的幼兒體型吧？」

「竟、竟然說出人家在意的事！啊～～真是的，七海妳也說說她嘛！」

「抱歉……因為關西有所謂的大阪燒定食跟炒麵定食，所以我沒辦法說什麼。」

「妳這個叛徒～～！」

自暴自棄的繭大口吃著便當，感覺不像沒有食慾，倒像是胃口大開。應該是自己多心了吧。

「我將來到關西住好了。碳水化合物萬歲。」

彌生開玩笑地這麼說。

就像這樣，七海面前呈現出日常中午用餐的情景。繭跟彌生是從去年就一直同班，如今已經是毫無顧忌、可以暢所欲言的交情了。

七海很少對人談起的想成為聲優的事，這兩個人也都知道。

雖然個性與喜好天差地別，但是在一起卻覺得很愉快。

七海大概是在想事情，停下筷子了。

「七海，在為肚子的贅肉煩惱嗎？」

察覺到的繭如此問道。

「雖然是很煩惱，不過現在沒有在想這件事。」

「不然，妳在想什麼？」

「繭，彌生。」

兩人嘴裡含著筷子，一臉「什麼事？」的表情看著七海。

「嗯……下個月的二十四日，妳們有什麼事嗎？」

「那是指聖誕夜嗎？」

不知為何，七海被這麼一問便忍不住心跳加速。

「……嗯。」

「我要跟壘球社的成員辦聖誕派對。」

「哈～～！彌生真是小朋友啊！都高中生了，竟然還跟社團同伴開心度過重要的日子！」

對於繭所說的話，彌生明顯露出不高興的表情。

「這麼說的大人——繭，想必已經有很高級的計畫了吧。」

「嗚……這、這個接下來就要排定了啦！」

看來似乎是沒有預定活動。

「連可以一起度過的朋友都沒有，真是可憐的孩子啊。」

佔上風的彌生立刻落井下石。

「煩、煩死了！」

繭鼓起臉頰抗議。彌生無視她的存在，把話題拉了回來。

「所以，七海為什麼會提到聖誕節？」

「我有兩張舞台劇的票，正在找可以跟我一起去看的人。」

雖然其實已經有其他想邀約的人，但因為有些說不出口，所以七海便試著向在班上感情特別好的這兩個人提出這件事。

「嗯～～舞台劇啊？我剛剛也說過我已經有約了，所以，繭，就交給妳了。」

「咦～～為什麼？」

「反正妳再這樣下去，也只是自己一個人寂寞悲傷地過聖誕節而已，這樣不是正好嗎？」

「嗯～～是這樣沒錯啦。啊，等一下！」

繭突然大叫，還留在教室裡的同學視線全部集中過來。

「幹、幹嘛突然這麼大聲啊？」

七海向周圍示意「沒事、沒事」，並催促著繭。

「七海。」

繭將雙手放在桌上，臉靠近過來。

「到、到底是什麼事？」

「妳約過神田同學了嗎？」

光是從別人口中聽到這個名字，心跳就稍微加快了。身體發熱，冒出汗來。

「為、為什麼會提到神田同學啊？」

七海以冷靜的態度繼續吃著便當。不過，吃不太出煎蛋捲的味道。

「好不容易有了藉口，為什麼不約他啊？笨蛋！七海是笨蛋嗎？一定是笨蛋吧！」

「可、可是舞台劇的日期……是、是那個聖誕夜耶？」

為什麼光是要說出那個單字，就會如此緊張呢？

「所以才更應該約他啊！」

繭說得越來越熱烈。

「這樣不是好像別有含意嗎？」

七海因為不好意思，越來越畏縮。

「就是這樣才好啊！別有含意最好了！沒有意義的話不就無意義了嗎！」

「廢話。」

繭說著理所當然的話，彌生忍不住吐槽。

「一心只有社團，沒有男人緣的彌生，不要多嘴！」

「聖誕派對足球社的幾個成員也會參加喔。」

「關於這件事，等一下再好好問妳！不對，不是這樣，七海要是這個樣子，神田同學可是會輕易就被椎名同學給搶走了喔。無所謂嗎？」

聽到空太與真白的名字，七海的臉越來越紅了。

「是不是無所謂……這種事有差嗎？」

聲音也越來越小。

「當然有差！妳聽好了？七海的情敵，可是那個美術科的妖精椎名真白同學喔？」

「妖精啊……」

真白有些神秘的氣質這點可以認同……不過，要是知道她是生活白癡，神秘感也會隨之變淡。而幾乎大部分的學生都不知道這件事，知道她的本性的，大概只有櫻花莊的成員吧。

「七海要再更加把勁兒！」

這次，彌生則是在旁邊點頭同意。

「最近可是有神田同學與椎名同學是不是已經在交往的流言喔？」

「……這樣啊。」

七海在搬到櫻花莊之前，也有這樣的感覺。曾經為了深信那是流言，而弄到晚上睡不著覺。不過，現在就不一樣了。即使那兩人之間有詭異的氣氛，也並不是在交往。雖然不表示未來也都會是這樣……

「咦？他們沒有在一起嗎？」

「沒有在交往啦。」

彌生插嘴問道。

「每天都一起上學耶？」

「有一半的時間，我也跟他們一起上學。」

「回家也是每天都一起行動耶？」

「有一半的時間，我也跟他們一起下課回家。」

「有時候椎名同學不是會來找神田同學嗎？那個又是怎麼回事？」

以彌生、彌生、繭這樣的順序，開始了問題的攻擊。

「……那是因為，住在同一間宿舍，總會有一些事啊。」

因為空太負責照顧真白，所以真白才會來找他——這種事實在不能說。

「啊，說人人到……」

聽到彌生這麼說，七海把目光移向門口，就看到現在正在討論的人物……椎名真白的身影。

真白無聲無息跨過教室的門檻，來到空無一人的空太座位前停下腳步，有些困惑地歪著頭。

「真白。」

七海暫時停下筷子，走向真白。抬起頭的真白，以透明的眼神望了過來。

「七海，我的便當在哪裡？」

看來似乎是剛好與空太錯過了。教室開始有些騷動，是因為真白的存在。纖細玻璃藝品般的氣質，彷彿稍微一碰觸就會壞掉，目光忍不住就會追著她。繭會稱她為妖精，就是因為這樣。白皙的皮膚，不知減肥為何物的纖瘦身型，就同性的七海看來也覺得羨慕。再加上真白還擁有全世界通用的繪畫才能。

所以自然會聚集目光，就連空太也會受到吸引……

「要找神田同學的話，他已經去妳的教室了喔。」

「我知道了。我去找便當。」

真白這麼說完便離開教室。

目送緩緩消失在走廊另一端的真白，七海回到繭與彌生的身邊。

接著，繭彷彿早已準備好似的，很快地開口。

「七海，妳知道吧？那個可是七海的情敵喔。」

「不，說什麼情敵……」

「皮膚超白皙，腿跟腰身根本就纖細到讓人懷疑是不是人類！所以，七海應該要更使勁地猛烈前衝！」

「還更使勁咧……」

現在並沒有迫切地想與空太交往。光是每天能見到面，可以自然地談話，就覺得很滿足了。

況且明年的二月，還有決定能不能隸屬於現在上課的聲優訓練班的重要甄選。沒有餘力面對感情，感覺自己沒空理會戀愛這件事的想法也很強烈。

「更厚臉皮地進攻吧，七海！」

「不用了啦。」

「不行、不行！關西人是為了什麼來到這裡的！」

「繭，給我向西邊下跪道歉。」

七海降低音調恐嚇繭。

「而且啊，神田同學不是也跟美咲學姊感情很好嗎！」

不過，繭完全不當一回事。

「是啊，不過那又怎樣？」

「妳的危機感太弱了，七海。那可是要特別注意的。」

「哪裡啊？」

對於住在櫻花莊的美術科三年級生——上井草美咲，完全不需要擔心。雖然常覺得她跟空太的感情很好，不過美咲只專情於仁。而且，空太也沒有把美咲當作戀愛對象來看待吧。

「要是理想中的自負身材就在眼前晃來晃去，愚蠢的男孩子怎麼可能不上鉤呢？」

「這、這個……是啊……」

美咲那玲瓏有緻的超級姣好身材，連七海都覺得很羨慕。

「雖然個性可能有～～些缺點，不過美咲學姊超可愛的。意外地有很多隱藏粉絲，稱讚她是『可愛過頭』或『可愛得很煩人』呢！那絕對不妙！要是有某個契機，男孩一下子就投降了。」

美咲確實是很可愛。要是光坐著不講話，大概是與真白競爭第一、二名的可愛度。不過，就像繭所說的，個性方面不太尋常，是個雖然被認可能獲得藝術科獎學金，卻因為太專注在製作動畫上，結果被剝奪這個權利的怪人。

「跟那種全國性的美少女住在同一個屋簷下看看！神田同學的胃口被養大，女孩的平均值直線飆漲！到時候對七海會連看也不看一眼喔！」

「反正我一點都不可愛。」

這種事早就知道了。正因為很清楚，所以不希望被拿來跟美咲或真白相比。同住在一間宿舍的七海最能深刻感受。

「所以啊，七海只能用其他東西來挽回！」

「藟，這時候應該要說『七海也很可愛啊』才對吧。」

七海聽到彌生的幫腔，眼淚都快掉出來了。

「謝謝妳，彌生。不過，算了啦。上井草學姊跟真白……要是被拿來跟這兩個人相比，根本就完全不想努力了……」

「不可以這麼膽怯！所以，七海就約神田同學吧！妳要是不約他，我就不跟妳講話了！」

「沒、沒必要這樣吧。」

「……」

藟不高興地把臉撇開。

「咦？已經開始了嗎？」

「……」

看來繭似乎是認真的。

而彌生則是快快吃完便當，不知何時已經打開數學課本，開始念起書來了。

「彌生這是在幹什麼啊？」

繭如此吐槽。

「為考試做準備。」

「為考試做準備？」

繭一臉呆茫的表情，歪斜著頭。

「那是什麼？好吃嗎？」

「期末考快到了吧。」

彌生冷靜地說道。

「對耶！」

繭把最後的小番茄塞進嘴裡，也迅速收拾起便當盒，並合掌拜託：

「七海，筆記借我！」

「妳不是再也不跟我說話了嗎？」

最後吃完便當的七海也收拾完畢。喝了裝在不鏽鋼水壺裡的茶後，歇了口氣。

「這是兩碼子事！」

「是、是。」

七海離開座位，從自己的桌上拿了數學筆記過來。

不過當她要遞出筆記之前，不經意想起某件事，瞬間把拿筆記的手縮了回來。手已經伸出來的藟則誇張地表現出錯愕的樣子。

「等、等一下！不要做出不像七海會做的事啦。」

「還、還是不行啦！」

七海慌張地把筆記藏到背後。

一瞬間露出困惑表情的藟，立刻像是想到什麼似的，嘴角露出壞心眼的笑容。

「看到妳這種態度，更讓人對裡面寫了些什麼感興趣呢。」

「反、反正，筆記去向彌生借就好了。」

「彌生因為早上練習得很累，上課幾乎都在睡覺，根本就不管用啦！」

「真沒禮貌啊，藟。我有一半時間是醒著的。」

「那不是有一半都在睡嗎！」

「兩天有一天會做筆記。」

「那種筆記能用嗎！」

「那麼，早上不用練習卻也沒做筆記的繭，妳上課都在做什麼啊？」

繭露出有些害羞的表情。

「最近啊……我都會看赤坂同學看到入迷。啊，我講出來了。」

「……」

「……」

七海與彌生同樣茫然地張著嘴僵住。

雖然很慶幸話題從筆記上轉移開了，卻沒想到對話會跑到這個地方來。

「妳、妳們那是什麼反應啊？」

「妳還真是只看外表呢。」

「他的側臉真的很棒喔。很酷……又很酷……而且很酷。」

「沒有其他的了嗎……」

「有、有什麼關係！」

彌生嘆了口氣。繭說出這種話，已經不是第一次了。從剛入學時開始，她就老是說足球社的學長很帥、大學音樂學系有很棒的型男，或者是高一個年級的三鷹仁是她超愛的類型之類的。

「七海，幫我介紹！」

因為是同班同學，繭也知道赤坂龍之介是個如何不合常理的人。即使在上課中，也會用帶來的筆電進行某些東西的開發，完全沒在聽課。是個甚至只要一覺得肚子餓了，就算在課堂上也會毫不在意地開始吃起番茄的怪人。當然，他也住在問題學生的巢穴——櫻花莊。

對於討厭無視規矩行動的七海，可以算是天敵。所以完全無法理解繭會喜歡龍之介的理由。

「雖然我不太想說別人的壞話，不過我覺得妳還是別喜歡赤坂同學比較好。」

「個性根本一點都不重要！男人重要的是臉！不過，我也不討厭他泰然自若的態度就是了。之前，他還對我說『閃開，妨礙到我了』，讓我小鹿亂撞呢。從那天起就很在意他，情愫完全卯起來燃燒了。」

「……繭，妳今天最好去看個醫生。妳就早退吧。」

「才不要！」

「我也贊成彌生的意見。我會幫妳跟老師說一聲的。」

「身為朋友，這時候不是應該幫我加油嗎！」

「無論如何，妳還是別喜歡他比較好。因為有很強的情敵喔。」

「什麼！情敵？」

七海打開手機，螢幕顯示出真白的朋友麗塔・愛因茲渥司九月從英國來訪時拍攝的照片。

把畫面給繭與彌生看。

「正中間的……真白旁邊的金髮美女。」

穩重的舉止態度，滿臉燦爛的笑容。

「嗚哇，這、這個好漂亮……年紀比較大吧？」

「她跟我們同年。」

就是這一點尤其讓人無法認同。

「太不公平了！宣稱這世界是平等的教育方針，根本就是錯的……」

「照片上可能看不太出來……不過她胸部也很豐滿喔。」

七海這麼說，一邊看著爇的胸前。大概也因為個子嬌小，爇的胸前是一片平坦。剛才彌生說她是幼兒體型，未必是錯的。

「嗚啊……也、也不用這樣落井下石吧……」

爇故意裝出受傷的樣子。

「就算因為七海自己發育得還不錯，也不能這麼過分吧？」

「我、我才沒有發育得還不錯呢。」

七海瞬間感受到背後班上男孩子的視線，因而臉紅了。

這時，彌生靜靜地翻著筆記本。仔細一看，那正是剛才七海猶豫要不要借爇的筆記，似乎是趁七海操作手機時搶走的。

「啊，彌生，那個！不行！真的不行！」

「不愧是七海的筆記，真是工整。」

「太奸詐了！我也要一份影本！」

藟朝筆記本貼了過去。

「還給我！」

七海這麼說著，也跟了過去。

不過，高眺的彌生一把手舉高，七海即使墊腳尖也搆不到。

「七海，上課妳都在幹什麼啊？」

因為這句話，七海完全漲紅了臉。

「怎麼回事？寫了什麼？」

藟緊咬不放。

結果，彌生便開始朗讀筆記。

「『麻煩你買牛奶。』」

七海難為情得臉上都快噴出火了。

「『晚上想吃什麼？』」

「快、快住手啦！」

「『昨天，神田同學的內褲混到我洗的衣服裡面了。』」

這是七海上課時，與隔壁的空太交換筆談的痕跡。

剛開始的已經擦掉了，最近因為次數較多，而且總覺得擦掉有些可惜，所以就這樣留著。

龘湊過來看筆記。

「『你偷看我換衣服了吧！』」

「『最後的人，請好好打掃浴室喔。』」

「『你今天可以陪我嗎……要去採買。』」

龘與彌生輪流朗讀筆記。教室裡其他正在吃飯的同學們的視線，實在叫人覺得刺痛。受到眾人的矚目了。「那兩個人果然……」或「我本來就覺得有鬼了」的話語，窸窸窣窣傳進耳裡。

「啊～～真是的，還給我！」

七海好不容易拿回筆記。這時，她已經氣喘吁吁，而筆談的大部分內容也都被唸完了。七海為了儘早恢復冷靜，將空氣滿滿吸入肺裡，就算剛吃飽飯有些痛苦，還是用肚子呼吸了。

「這、這個，沒有什麼啦……」

真是這樣的話，就不需要這麼慌張了。

「喔喔。」

龘的眼裡閃著光芒。

「不、不是啦！真的只是像櫻花莊的業務報告那樣，並不是……」

「不過啊～～七海，妳不覺得這很有希望嗎？」

本以為會被調侃，沒想到繭一臉頗認真的表情說出意料之外的話。

「咦？」

「因為，這個看起來根本就是情侶之間在調情嘛。」

「等、等一下，我都說不是那樣了！」

「我也這麼覺得。」

連彌生都用力點頭。

「總覺得七海好色喔！」

「為、為什麼會變成這樣啊！」

「用筆談來調情是很高等級的吧。而且還是在上課中。彼此纏繞的兩顆心……之類的？」

「我、我都說我們沒有在調情了！」

「這下子一定要約神田同學一起去看舞台劇了。」

「我也這麼覺得。」

「怎麼連彌生都這樣……」

「那麼，七海自己又怎麼樣呢？妳想跟誰一起去？」

「那、那個……」

當然，答案只有一個。

「嗯？」

繭將兩手擺在耳邊，故意催促著七海。

「……同學。」

「聽不～～到。」

「我、我想跟神田同學一起去。」

「那就去約他囉！」

「嗯、嗯。」

「就這麼決定！」

才這麼說的同時，教室的門打開了，現在正成為話題的空太回到教室。原本帶了兩個出去的便當盒少了一個，應該平安地交給真白了吧。看他把拿回來的便當盒收回書包裡，似乎是已經吃完午餐。應該是跟真白一起吃完才回來的吧……應該是這樣。

「快去吧，七海。」

「現、現在不行啦！我還沒做好心理準備……」

「七海～～」

繭發出像是生氣又像是受不了的聲音。

「晚、晚一點我會約他啦。像是放學前的班會時間。」

七海為了要先撐過現在，隨口說出這樣的話。

「我可是聽得很清楚喔。」

看著繭與彌生很開心似的表情，七海為自己粗心大意的發言深深嘆了口氣。

2

下午的課程，七海都非常認真。只是，並不是在聽老師講課，而是在思考要怎麼約空太。不過，即使花了第五堂跟第六堂課的時間，還是想不出好的作戰方式，很快就來到放學前的班會時間。

「起立……敬禮……」

隨著值日生的口令，結束了下課的招呼。在這期間，七海的背後始終感受到兩對目光。當然，就是繭與彌生。

七海回過頭去，便看到兩人帶著「快去！」的眼神看著自己。

因為要打掃而搬開桌椅。

「唉……這個時期終於到了嗎……」

隔壁座位的空太憂鬱地發出嘆息。一定是在思考剛剛才公布的期末考日程吧。不，正確來說，應該是正在想著真白。因為真白不斷考零分，為了補考，空太必須負責教她。看來實在是很辛苦，去幫他的忙好了……七海這麼想著，對空太說：

「幸福會跑掉的喔。」

「放心吧。我的幸福指數從一開始就是零。」

她與空太並排站著，一起把桌椅往後撤下。

空太再度嘆了口氣。

「對了，神田同學。」

就趁現在順勢說出來吧——正這麼想的七海，出聲叫了空太。

她也很清楚自己的聲音壓抑緊張。

「嗯？什麼事？」

目光對上時，一陣揪心的感覺。心跳逐漸加速。

「嗯……那個，我有話要跟你說……」

七海的聲音含在嘴裡，說不定聽得不太清楚。

「我在聽，想說就說啊。」

「……在這裡有點不方便。」

七海一直感覺到繭跟彌生的視線。被這樣看熱鬧的感覺實在不太舒服。

搬完桌子後，七海看了一下走廊。

「我知道了。」

空太如此回答，七海便走出教室，空太跟在後面走出來。兩人移動到樓梯邊的自動販賣機前。如果是這裡，就能避開別人的目光。

「那麼，是什麼事？」

「那、那個……」

一旦低下頭，就很難再把臉抬起來。

「喔、喔。」

不知道空太是不是也被傳染了緊張，回應的口氣很僵硬。

「雖然很難以啟齒，但有事要拜託你。」

大概是因為緊張吧，視野變得越來越狹窄，完全看不到週遭。不過，就差一點點了。

——可以跟我一起去看舞台劇嗎？

這麼說就好了，對方怎麼回答不重要。總之，現在只想逃離這一瞬間的窒息感。所以，七海的腦袋裡只有說出口這件事。

她抬起頭來，筆直看著空太。兩人四目相交。下一瞬間，七海開口說道：

「那個……你今天可以代替我出去買東西嗎？」

「……啥？」

空太發出奇怪冒失的聲音。

「也、也就是說，希望你跟我交換採買的工作。因為之後還要打掃，而且打工的輪班也比較早……不直接從學校去會來不及。」

七海並沒有說謊，原本就打算這麼拜託空太。不過，真正想說的其實是希望他能陪自己一起去看舞台劇……這件事。

「要拜託我的，就是這件事？」

「是啊。」

對於自己的不爭氣，七海露出了鬧彆扭的表情。剛才為止的緊張感，也被隨之而來的虛脫感給一掃而空，從心裡消失了。

「在教室說不就好了嗎？」

「一點都不好。」

她仍然一臉生悶氣的樣子，空太則浮現無法釋懷的表情。這也難怪了，因為空太完全就只是被遷怒而已。

即使如此，七海也沒辦法從容解釋，便把採買清單遞給空太。

「我一定會彌補你的。抱歉……謝謝你了。」

「不用了啦。這點小事。不過是經過商店街再回家而已。」

之後，七海已經不太記得自己說了什麼，只知道好不容易把這場面搪塞帶過了。

當回過神的時候，自己已經回到教室門口，目送著空太遠去的背影。

「七海～～為什麼這麼乾脆地逃回來了！」

似乎一直在偷看的繭與彌生走了過來。

「可、可是……」

「沒什麼好可是的！」

「算、算了啦，又沒有關係。如果繭願意陪我一起去……」

「不要！絕～～對不要！」

「我、我還要值日打掃。」

「喂！不准逃避，七海！回去之後一定要約他喔？妳想跟他一起去吧？」

「話是這麼說沒錯啦……」

「那就要去約他啊。」

「嗯。」

「啊～～真是讓人焦急不耐煩！神田同～～學！」

薊對著空太遠去的背影叫喚。

「哇啊啊啊啊！別這樣啦！」

七海慌張阻止。

「我會說啦！我會去約他的！我自己來就好！」

「就這樣說定了喔。」

「嗯。」

「那麼，知道結果之後，要給我個簡訊喔！」

「啊，我也要。」

就連彌生也興致勃勃。

「為、為什麼？」

「因為，要是在意得睡不著就麻煩了。」

「就是說啊。」

薊與彌生只有在這種時候才會這麼意氣相投。

「好啦……我會傳簡訊的。傳就傳嘛……」

七海後悔答應了棘手的事，為了趕上打工，從掃除用具箱裡拿出掃帚，一心想趕快完成值日的打掃工作。

這一天，青山七海在日記裡如此寫道。

——聖誕夜的舞台劇邀約，神田同學答應了。這個，應該不是在作夢吧？要趕快跟藾還有彌生報告才行！

3

十二月十日是期末考的最後一天。順利完成考試的七海，與同班同學藾還有彌生一起前往藝大前站。七海接著要去冰淇淋店打工，而壘球社不用練習的彌生，以及本來就是回家社的藾，似乎打算去卡拉ＯＫ慶祝期末考試結束。

「令人作嘔的期末考，再會了……今年就只剩下聖誕節了呢～～」

從期末考獲得解放的藾，發出「唔～～」的聲音全力伸展嬌小的身軀。

「聖誕節什麼活動都沒有的藾，有什麼好說的？」

彌生當下確切地指出這點。

「很煩耶妳！我無所謂！今年光是認真的優等生七海有重要的活動，我就心滿意足了。」

「不要擅自對別人的聖誕節活動感到興奮啦。」

雖然已經與目標對象有約了，七海卻始終不太能釋懷。

「總覺得妳的情緒很低落耶，七海。」

「嗯，因為有些在意的事。」

「是指神田同學嗎？」

「神田同學……跟真白的事。」

七海有些猶豫，不知道該不該說。不過，既然話都講到一半了，就這樣打斷也覺得不太舒服，所以便繼續這個話題。

「因為，現在那兩個人處得不太好，或者該說像是在吵架的感覺。」

真白突然表示想做料理而受傷，似乎就是吵架的原因，不過詳情七海並不清楚。空太一直散發出緊繃的感覺，實在不是可以因為好奇就去問原因的氣氛。

所以，七海並不了解兩人鬧彆扭的真正原因。

即使如此，光看也知道是相當嚴重的情況。

「七海，這不就是機會嗎？」

「機會……」

「當然要趁對手弱的時後進攻啊！乾脆就在聖誕夜告白算了。」

「那、那怎麼可能！」

「為什麼？妳不說的話，他就不會明白妳的感情喔？」

「這個我也知道……」

總有一天……一定要說出來。不過，七海覺得並不是現在。

「二月份有……決定能不能隸屬於聲優訓練班的甄選會，這我之前說過吧？我希望現在專注在這件事上……所以決定先不說。」

即使要表達自己的情感，也是在甄選結束之後。不這麼做的話，一定會影響到學習。

其實，說不定就連聖誕夜也不太適合去看舞台劇。七海自己也覺得很矛盾。雖然這麼覺得，但是對於有些情愫就是束手無策，所以也無可奈何。

「七海真的是認真的優等生呢。」

「有什麼關係。」

「嗯，那就先不談告白……那麼，聖誕夜要多加把勁兒了。」

「我、我沒有想特別努力什麼，只要很普通地度過就好了……」

「為什麼啊！七海不在這時展現毅力，打算什麼時候才展現出來啊！這可是妳所期望的第一次約會耶！」

「什麼！約會？不是那樣的啦。只、只是約在外面會合，一起去看舞台劇，然後吃完飯再回家而已啦！」

藺直盯著慌張辯解的七海。彌生露出受不了的表情。

「那麼，我倒要問妳，男女約在外面會合，一起去看舞台劇，然後開心地吃飯的行為，我們一般稱為什麼？」

「嗚。」

「我們是怎麼稱呼的？」

「……稱為約會。」

「對吧！人最重要的就是老實。而七海就是不夠老實。」

「要妳管。」

「不過，這也是妳可愛的地方。」

只是，一旦被稱作約會，到正式上場明明還有兩個星期，現在就開始緊張了起來。

「妳已經決定那一天要穿什麼去了嗎？」

「我想依當天的心情再決定。」

「妳這個蠢蛋！不過是約會的邀約成功而已，怎麼可以這～～麼粗心大意！」

「粗心大意……」

藺從旁邊攬住七海的手臂，把臉湊過來。

「七海，妳該不會打算穿牛仔褲去吧？」

「如果當天想這樣穿，就會這麼做吧……」

「妳這個大笨蛋！」

七海被繭打了頭。

「妳做什麼啊？」

「約會絕對要穿裙子！第一次約會更是必要！要是穿著牛仔褲赴約，男孩子一定會失望得像是世界末日降臨喔？」

「明明就沒跟男孩子交往過，繭還真清楚啊。」

「煩死了，彌生！我為了即將到來的那一天，非常熱衷地蒐集情報而且埋首妄想，所以當然很清楚！」

「可以這樣光明正大地講可憐兮兮的事，我真是打從心底尊敬繭啊。」

「彌生給我閉嘴！」

「是、是。」

彌生照繭所說的，閉上嘴開始操作起手機。似乎是在打簡訊的回信。彌生有時會自己一個人這樣，七海從很早以前就覺得，說不定她其實已經有男朋友了。

「總之，約會就是要穿裙子！最好是迷你裙！因為還年輕，所以要用赤條條的雙腿引誘他！

這是最起碼的條件！」

「我沒有迷你裙。」

「那就去買吧！我陪妳一起去。」

「我沒有錢。」

對於靠打工賺取生活費才勉強能夠過活的七海而言，沒有把錢花費在打扮上的經濟能力。

「妳這個窮鬼！」

「別強人所難了，繭。妳又不是不知道七海的狀況。況且，既然要考慮服裝，還不如選擇神田同學可能會喜歡的打扮會比較好？」

「以彌生來說，這算是很正經的意見呢。」

「一般人都想得到吧。」

彌生冷淡地回答。

不過，空太喜歡的服裝……

「七海，他喜歡哪一種的？」

七海被這麼問道，老實說自己也覺得很困擾。

「我不知道啦。」

「妳到底是為了什麼才跟他住在一起的！」

「我們並沒有住在一起。」

這一點一定要說清楚。只是住在同一間宿舍而已。

「不過，總有些什麼吧？仔細想一想。」

「要是用想的就知道，那就不用這麼辛苦了……」

七海有些開始鬧情緒，回想至今與空太的對話。結果，她突然想到了某一點。

「啊……」

那是文化祭的時候。七海想起了空太曾經稱讚穿著輕飄飄女服務生打扮的七海。

「想到什麼了嗎？」

「他說不定喜歡輕飄飄、有女孩子味道的衣服。」

「荷葉邊之類的？」

「嗯，雖然只是可能而已。」

不過，這些正是七海平常不會穿的類型，當然也沒有這樣的服裝。反倒像走在旁邊的繭平常會穿的衣服。

「要是我的衣服能借妳就好了……」

連繭也馬上理解而如此說道。

之所以講得有些含糊，是因為有尺寸的問題。繭很在意自己是極端嬌小的身材，所以對這方面比較敏感。

「不、不用了啦。可能會讓我因為腰塞不下而受到打擊。」

「不只是七海，藺的童裝應該誰都塞不進去吧。」

「誰穿童裝了！雖然我總是在小尺寸的店家買就是了……」

「總、總之，不用連衣服都要努力啦。」

七海雖然這麼說著，腦海裡卻浮現出某個人。那就是一起住在櫻花莊的三年級生，上井草美咲。從布偶裝到cosplay的衣服，美咲平常款式齊全又豐富的穿著，其實非常像女孩子，與藺的類型很像。

——跟上井草學姊商量看看好了。

在聽藺說話的同時，七海內心萌生了「還是再努力試看看好了」的想法。

4

這天夜裡，打完工回來的七海在櫻花莊的２０１號室……上井草美咲的房裡。

七海跪坐在床上，美咲也跟著併腿坐著。七海就這樣在美咲親切的笑容前，想起了之前藺所說過的話。

要是不開口說話，美咲的身材每一個部位都富有女人味且玲瓏可愛。雖然個子略顯嬌小，但身材十分姣好。胸部比七海要大上許多，腰圍則是比七海還要纖細。而這些部位以絕佳的平衡組合在一起，散發出健康的魅力。

「那麼，小七海要找我商量的是什麼事啊？」

美咲向前傾把臉湊近七海，鬆軟的頭髮傳來舒服的香味。

「那、那個……我想要跟上井草學姊借衣服……」

「我的衣服？好啊。」

美咲不問理由便爽快地答應了。

「咦？可、可以嗎？」

「妳想要哪個？」

迅速站起身的美咲，將掛在衣櫃裡或衣架上的衣服一件件往床上丟。

「啊、那、那麼，那個……我想借有輕飄飄感覺的衣服。」

「那麼，這個、這個，還有這個，怎麼樣？」

內搭襯衣、針織衫跟毛衣，還有迷你裙，每件都輕盈又可愛。

大概是還沒穿過吧，其中還有標籤還留在上面的。

「這個看起來就很適合小七海呢！」

而且美咲偏偏選了那件標籤還在上頭的荷葉邊短裙。

「那、那個看起來還沒穿過，真的可以借嗎？」

「當然可以啊！」

完全搞不懂哪裡當然了。不過，既然本人說可以，那就不客氣了。

「那麼，趕快來試穿吧！」

美咲的手往七海伸了過來。

「咦？」

驚愕也只在一瞬之間，美咲開始脫起七海的衣服來了。

「哇～～學、學姊！請等一下！我自己脫就好了！」

「不用跟我客氣。」

「我沒有在客氣！」

「沒關係，沒關係啦。」

「啊～～真是的，等一下啦！我、我都說不行了，哇、為什麼連我的內褲都要脫啊！」

不管被推倒在床上的七海如何拚命掙扎，美咲的手完全沒有要停下來的跡象。

「請、請快點住手！」

就這樣，七海被美咲蹂躪得一蹋糊塗。

結果，七海在搞不清楚狀況的情形下，被忘了原來目的、熱衷於脫衣服的美咲之手，脫得一絲不掛。

「為、為什麼要全部脫光啊！」

七海用床單裹著身體，淚眼汪汪地抗議。

「既然要脫，當然就要全部脫掉啊！」

美咲如此得意洋洋地說道，七海有些後悔來到這個房間。

她受到無力感與疲勞感的折磨，終於也穿上了美咲為自己搭配的衣服。接著，戰戰兢兢地站在穿衣鏡前確認全身。

紅色大衣裡是時尚的奶油色毛衣，還有感覺柔軟的三層荷葉邊短裙。裙擺很短，總覺得大腿一帶實在令人不放心。七海沒有自信的樣子，完全表現在臉上，鏡子裡的她看來很不自在。

「好不適合……」

有些絕望的感覺。好不容易鼓起勇氣找美咲商量的，結果卻這麼不好看。自己究竟是為了什麼而全裸的呢……

「小七海，實在太可愛了！讓我都想把妳娶回家了呢！」

美咲彷彿要擒抱一般，衝過來抱住七海的腰。

「真、真的嗎？」

「真的，真的。」

美咲應該是打從心底這麼覺得吧。不過七海還是沒有自信，根深蒂固地覺得自己不適合這樣的服裝。

「要是我長得再更適合可愛的服裝就好了……」

「沒問題的！學弟一定也會很興奮的！」

「等一下，咦！為、為什麼會突然提到神田同學啊？」

「因為妳是為了跟學弟的約會而做準備的吧。」

美咲若無其事地說道。

「那、那是……」

因為沒想到會被發現，七海突然很不好意思地臉紅了。臉好燙，身體也好熱。這並不是因為在室內穿大衣的關係。

「這、這個是，那個……我、我才不是為了約會，那個……應該說就連是不是約會都搞不清楚，而且我覺得神田同學並不是這麼認為的……或者該說，他絕對不覺得是約會……」

「小七海。」

「什、什麼事？」

「加油喔！」

「是、是……」

「聖誕夜我們彼此都要展開決戰了呢！」

沒錯，正是如此。美咲也已經宣言了，要在聖誕夜對青梅竹馬三鷹仁竭盡全力地展現自己的感情。為此才拜託住在同一宿舍的七海跟空太，聖誕夜讓自己與仁兩人在櫻花莊獨處。

七海總覺得現在就能問出口，便把從以前就一直想提的問題，自然地說出口。

「學姊……對於要把情感表達出來，不會感到害怕嗎？」

「妳在說什麼啊？小七海。」

七海心想自己搞不好失言了。美咲利用各種手段，已經不知多少次向仁表達自己的情感。雖然這些全都被仁閃避開來……事到如今，應該不會覺得害怕了，畢竟她與七海的前提就不同。

沒想到美咲卻如此說道：

「當然會害怕啊。」

「咦？」

「因為要是被拒絕了，未來就一片黑暗了嘛。我自己並不知道會變得怎麼樣啊。所以，當然會害怕囉？」

這種事……其實就算不問也知道。因為平常總是看她異於常人的舉動，所以覺得她似乎不會感覺疼痛，但是，當然不會有這種事。喜歡上某人，為此煩惱或受傷，這在每個人身上都是平等的。美咲也不例外。即使如此，她還是鼓起勇氣傳達自己的感情。

「為什麼學姊能夠表達出自己的情感呢？」

無論仁閃避多少次，美咲都沒有放棄，也沒有絕望，只是永遠看著前方。

如果七海向空太告白，然後被當成是在開玩笑，她大概會再也提不起勇氣吧。

「我啊，大概從小學的時候開始，就一直喜歡仁了。」

「……」

「雖然是到國中的時候才察覺，察覺到原來這就是特別的喜歡……但是，那個時候我沒辦法說出口。因為一直都跟仁在一起，總覺得告白的話，至今的關係就會全部化為烏有，所以感到很害怕。因此，國中的時候覺得還是維持原來的關係就好……只要能夠在一起，維持青梅竹馬的關係也無妨。」

「那麼，又是為什麼？」

是什麼改變了美咲呢？

「可是，就在我這麼想的時候，仁就跟我的姊姊開始交往了。」

「……」

「那時，我心想為什麼不是我呢？然後我變得想討厭一切，想討厭仁，想討厭姊姊。但是，我辦不到。只是不斷地後悔……後悔我為什麼不把自己的感情說出來。」

美咲有些寂寞地笑了。第一次看到美咲露出這樣的表情。因為她總是開朗活潑，盡做些亂七八糟的事，完全沒看過她受傷的樣子。

「學姊……」

「我已經不想再有那種感受了。所以，我決定要告訴仁我喜歡他，雖然完全無法讓他了解就是了！」

美咲天真爛漫地哈哈笑著，剛才一瞬間看到的悲傷已經不見。美咲就是這麼正面積極，所以七海也決定向她學習。雖然被她添了許多亂七八糟的麻煩，不過光是在她身邊，心情就會變開朗。七海打從心底覺得美咲有這樣的力量是很棒的事，因為七海也想這麼堅強。就向她學習吧。

「所以，小七海也要加油。」

「……我會試著努力看看的。不過……」

七海再次確認自己的樣子。一臉像是失望又像不耐煩的表情。

「我還是覺得自己不太適合這身打扮……」

距離約會當天還有兩個星期。真是前途堪慮。

5

「唉，怎麼辦……」

在訓練班與打工中度過週末的七海，即使到了週一……也就是十二月十三日，依然煩惱著聖誕夜約會要穿什麼衣服。

美咲為自己搭配的衣服很可愛，美咲穿起來也會非常可愛。不過，穿在自己身上感覺實在很微妙……

況且約會當天，要是自己的打扮不同於平常，出現在會合的地方，空太會不會覺得很奇怪呢？七海不想被察覺自己的心意，而使得兩人的關係變得尷尬。

對於許多事都開始負面思考……沒辦法輕易變得像美咲那麼正面積極。

「不過，神田同學應該不會發現吧……」

如果是經驗豐富的仁倒還有可能……而且，空太現在因為與真白的關係還在鬧彆扭，總覺得他沒有餘力去注意周圍。這麼一來，不管七海如何認真打扮，他說不定都不會察覺。

不，相反的，如果要被他發現，一點點的改變應該是沒有用的。即使是些微也好，希望他能發現自己與平常的不同……不過，要是真的被發現了，又不知道明天起要用什麼表情面對他。

根本就只是在不停地繞圈圈。

「唉……」

七海一邊嘆氣，一邊從鞋櫃拿出鞋子換上。明明不是該這麼煩惱的時候……今天得直接去打工，二月還有重要的甄選。這樣靜不下來的情緒，是不可能合格的。現在在訓練班學習的學生將近六十人。而這次能通過甄試的，恐怕只有三、四人。大家都拚了命努力，當然七海也是……

為了將心思集中在甄選，得儘快決定二十四日要怎麼做。

「……就是因為沒辦法決定，所以才會這麼困擾啊。」

她將室內鞋收進鞋櫃，「砰」一聲關上。

接著跨步準備走向出入口時，三年級生的鞋櫃後面有人走了出來。是住在櫻花莊１０３號室的三鷹仁。高䠷修長的身材，無框眼鏡散發知性氣質，五官端正，正是䕒之前感到興奮的原因。待人和藹親切，帶著令人安心的氣息，不過，不能就這樣被騙了，尤其是女孩子更不能不注意。

仁轉向旁邊，與七海目光對上。

「喔。」

仁輕輕舉手致意。

「你好。」

七海微微點頭。只要仁在眼前，就會忍不住開始警戒。因為他明明讓人摸不清楚在想什麼，但卻似乎能清楚看透對方。還有，一遇到女性，不管是誰就展開追求，這應該是最大的問題。

「那個，我還要去打工。」

「因為要是跟我一起回家，可能會被傳些奇怪的流言吧。」

「我是真的要去打工！」

「青山同學馬上就認真起來這一點，還真是可愛。」

「學長最好不要對誰都講這種話。」

七海發出受不了的聲音。

即使被這麼諷刺，仁卻完全沒有不悅的樣子，反而很開心似的。真實的情緒不太會表現在臉上，真是讓人捉摸不定。

「我只對青山同學這麼說喔。」

七海無視仁說的話，準備離開。

「哎呀，我這麼讓妳討厭嗎？」

背後傳來這樣的聲音。這時，七海突然想起一件事，停下腳步回過頭去。正好與邁開腳步的仁視線對上。

「那個……三鷹學長。」

「嗯？」

「我有事想問你。」

「我今天晚上有空，可以陪妳到天亮喔。」

「沒、沒有人問這種事！」

「好，好。玩笑就開到這裡，要問我什麼事？」

「……」

「妳不是有事想問我嗎？」

沒錯，有事想問他。如果要問男孩子的意見，仁正是適合的對象。畢竟他現在正同時與六位女性交往，而且全都比自己年長……戀愛方面的經驗豐富。

「……那個……約會的時候，女孩子打扮得可愛一點，三鷹學長會覺得比較高興嗎？」

七海沒辦法正面看著仁的臉，於是把頭轉開，仍然清楚地提問。

光是這樣的問題，如果是仁，說不定會察覺她是在指二十四日的事吧。所以七海原本以為會被調侃，沒想到仁卻如此簡潔地回應：

「嗯，是吧。」

「那個……如果是褲子跟裙子比……」

「當然是裙子好啊。我倒也不討厭褲裝，只是如果是第一次約會，女孩子穿著牛仔褲來，多少還是會失望吧。」

看來繭所說的未必是騙人的。七海總覺得有些好笑，在心中笑了。

「……我想也是。」

七海如此回應。

「這方面，我想空太應該會有相同的反應，妳就好好加油囉？」

既然被美咲察覺，仁不可能不知道。話雖如此，被如此正面道破，內心還是老實地動搖了。

「跟、跟神田同學又沒關係！我也不是在說我自己！況、況且，我不是那個意思，只、只不過是對一般人的想法有興趣才問的……」

「原來如此，一般人的想法啊。」

「我是說真的，請不要做奇怪的想像，也不要追問。那、那麼，我還要打工，先走了！」

七海彷彿要逃離仁，小跑步離開。

仁從背後叫住她。

「青山同學。」

因為聲音很溫柔，七海忍不住停下腳步回過頭去。

「什麼事？」

即使如此，七海的表情還是很僵硬，沒有鬆懈對仁的警戒。當然，就算做好了準備，也完全敵不過仁就是了……

對於七海露骨的態度，仁苦笑著給了建議。

「妳可以試著把頭髮放下來。」

「……」

剛開始還不太清楚他是指什麼。

大概眨了兩次眼睛後，才知道是繼續剛才的話題。接著，七海的手便自然地撫摸馬尾。

從沒想過要改變髮型。雖然這是一般都會察覺的事……

「為了讓遲鈍的高二男生知道妳的心意，至少要有這樣的表現絕對會比較好。不過，當然這只是一般人的想法。」

「我會當作一般人的想法銘記在心的。那個……謝謝你。」

「我是站在談戀愛的女孩這邊的。妳不知道嗎？」

對於還是這個調調的仁，七海再次點頭致謝。接著為避免打工遲到，用跑的離開了。

不可思議的，變得有些幹勁了。

——試著努力看看好了。

這麼一想，猶豫已經消失不見。

聖誕夜要加油，打工也要加油，成為聲優的事也要加油。

「再想下去就太蠢了……就決定這樣了。」

6

十二月二十四日，聖誕夜當天。七海在打工地點的更衣室看到鏡子裡的自己，陷入了絕望的心境。

從決定要加油的那天起一直到今天為止，都沒有特別意識到約會的事，因而得以很平常地度過，但是一旦像這樣到了與空太會合的一個小時前，許多情感一個接一個地湧上來，讓七海越發憂鬱。

首先是服裝。試穿了向美咲借來的衣服之後，還是覺得不適合自己。

接著是髮型。雖然不綁馬尾、把頭髮直順地放下來，卻覺得連自己都不認得自己是誰了。

像這樣一身不同於以往的打扮前往會合地點，空太會怎麼想呢？空太會說什麼呢……

也許是想像空太的反應而感到害羞、恐懼，或是想要逃避，七海遲遲無法從更衣室出來。

這時，冰淇淋店的店長走了過來。她是位三十幾歲的女性，因為是個理性又俐落的人，所以打工的女孩子們都很信賴她。

這位店長一看到七海，便露出有些驚訝的表情。光是驚訝的態度，就讓七海快哭了，真不想被任何人看到這身打扮。

「打扮得這麼漂亮，跟男朋友約會嗎？」

「不、不是跟男朋友啦……」

事到如今還說不是約會就未免太不乾脆了，所以七海便說了些無關緊要的事。

「哎呀，那麼，是未來的男朋友囉？」

「不、不是那樣的。」

已經沒辦法抬起臉來。七海低著頭，越來越沒自信。

「沒問題的，不要露出那種表情。」

店長這麼說著，把手放在七海肩上。

七海自然地抬起頭來。

店長看著她的眼睛說道：

「好了，要是遲到就不好了喔？」

「好、好的。」

因為這句話，七海下定決心走出更衣室。雖然要前往赴約實在還需要勇氣，不過就個性上，七海不容許自己在約好會合的時間遲到。店長很清楚地看穿這一點。

「那麼，我先走了。」

「好。加油喔。」

七海被這麼送出門，又立刻開始緊張了起來。

到底要在什麼事上怎麼加油？只不過是與空太在約好的地方會合，去看舞台劇，然後吃完飯再回家而已。

並沒有要做什麼特別的事。雖然像這樣對自己做了很多辯解，但是畢竟要在聖誕夜與在意的男孩子一起度過，對於七海來說還是非常特別，心跳只是不斷加速而已。這個情況，在離開打工的地方、前往車站、穿過剪票口、站在月台上、搭上了電車，依然沒有鎮靜下來的跡象。

途中，電車稍微遲了一些。因為這樣，七海在轉乘的車站只好用跑的。花了時間仔細梳整好的髮梢亂了，前額留了些汗，瀏海黏貼在上面。

七海想用手壓住把受害降到最低，卻因為地下鐵月台吹過的強風，頭髮變得亂七八糟。

還來得及搭上預定搭乘的電車，算是至少的安慰。

氣喘吁吁的七海站在門邊，看著映在窗戶上的自己。

髮梢不聽話，髮型也亂七八糟。她慌慌張張地整理好，也整理了因為跑步而亂了的服裝，卻無法如願弄好。離開打工地點的更衣室時，明明還可以接受自己的……一想到要以這麼不順眼的打扮赴約，七海的表情越來越陰沉。

屋漏偏逢連夜雨，來到下一個車站，湧入了大量的上班族。這附近是有名的辦公大樓區。在爆滿的電車當中，又變得更加狼狽。這麼一來，事前的所有準備全都功虧一簣了。

映在黑暗車窗上的七海，露出泫然欲泣的神情。

電車一站一站地前進，即使七海還不希望到站，卻仍天不從人願地依照預定時間抵達車站。像是被其他乘客推擠出來似的，七海來到月台上。在幾乎是一身西裝與大衣的上班族人群中，披著紅色大衣的她顯得格格不入。這又讓她感覺越來越難過了。

即使已經覺得受不了，七海還是隨著人潮上了樓梯。

衝進洗手間裡做最後的掙扎。站在鏡子前面，把大衣整理平順，也把順著放下來的頭髮梳整好。不過卻完全不對勁，一點也不可愛。鏡子裡的七海板著一張臉。

然而，應該已經沒什麼時間了。一看時鐘，已經快要到會合的時間了。

因此，七海走出洗手間，穿過剪票口，為了走到外面而繼續爬上樓梯。外面吹來的冷風拂過臉頰，七海抬起追著階梯的目光，便看到烏雲密布的夜空。要是再下個雨，就真的完全被詛咒了。她這麼想著，重新加快腳步前往會合的地點。

辦公大樓及外資飯店林立的空間，冒出一塊休憩的場所……會合地點噴水池廣場給人這樣的印象。

裝設著聖誕節的燈飾，閃閃發亮。情侶們的身影引人注目。其中，一副很寒冷的樣子縮著身子、背對街燈的空太身影，七海一下子就發現了。因為已經看慣了他的姿勢與感覺……

空太的目光追著一對應該是大學生的情侶。他是一邊想著什麼一邊看著他們的呢？

「神田同學。」

七海緩緩靠近空太的背後，本打算這麼出聲叫他，但空太卻沒有回頭。這也難怪。因為呼喚空太的只有嘴唇而已，聲音並沒有發出來。

像是要掩飾自己的軟弱一般，七海拍了拍空太的肩。

空太大概是嚇了一跳，身體顫抖了一下。

因為這樣而準備回過頭來。不知道為什麼，七海筆直地伸出了食指。

指尖碰觸到空太柔軟的臉頰。

「我說妳啊……」

空太的聲音聽來有些不滿。

七海察覺自己做了不像平常會做的事，緊張感突然來到了極點。

現在光是空太說些什麼，七海就好像會崩毀似的。

她的視線集中在空太的嘴唇上。

他會說些什麼？

雖然七海這麼想著，空太卻什麼也沒說，只是不斷地眨著眼。

映在空太眼裡的，應該是身穿紅色大衣與荷葉邊迷你裙，幾乎快被期待與不安壓垮的七海。

空太的嘴唇終於動了。他到底會說什麼呢？不，那根本就無所謂。現在只希望趕快恢復平常的樣子，想自然地說話。就像在櫻花莊時一樣……

如此盼望的七海耳裡，傳來空太的聲音。

「妳是誰？」

「是我！青山七海！」

忍不住激動了起來。當然，空太也只是在開玩笑。自己明明也很清楚的……

「抱、抱歉……因為覺得有些意外……」

空太的視線由上往下走，又再度回到上面。兩人目光對上時，七海自然地把視線別開。

「……果然很怪嗎？」

七海尤其對於直順放下的髮型沒有自信，為了掩飾自己的不好意思，伸手摸了脖子後面。

「因為感覺很不一樣，所以嚇了一跳……」

「……哪裡不一樣？」

「我想想……」

心跳加速，彷彿聽得見自己心臟跳動的聲音，撲通撲通地跳著。雖然不想被空太聽到，卻也不能用雙手壓住，七海只是緊咬下唇忍耐。

就在這個時候，聽到了空太的感想……

「這樣的青山也不錯。」

這一瞬間，七海的視野突然變開闊了。

「真的嗎？」

但是，眼裡只看得到空太，絲毫不在意周圍人們的存在。

「不過，總覺得有點像美咲學姊。」

畢竟一起住在櫻花莊，自然就會知道個人衣服的喜好吧。雖然對於空太會察覺而感到有些意外，不過現在卻因為剛剛那句話，雞毛蒜皮的事變得不重要了。

「這些全都是跟上井草學姊借來的。」

七海如此說明了之後，緊張的感覺一口氣舒緩下來，能夠自然地微笑了。

「因為想讓神田同學稍微吃驚一下。」

「……我確實是嚇了滿大一跳的。」

「那麼，算是大成功囉……還好有努力過……」

七海小小聲地說著。真的是太好了。現在一個不留意就會掉下眼淚，不過在空太面前只能拚命忍住。

「咦？」

「我是說開演的時間差不多了。」

七海逞強地撒了謊，接著逐漸恢復原來的樣子。

「喔，那得趕快走了。」

「嗯。走吧。」

七海拉著空太的手肘，快步走了起來。空太差點失去平衡，不過還是立刻走在七海的身邊。

兩人目光對上。

「什麼事？」

「沒事。」

大概是對於好心情的七海感到奇怪，空太歪著頭不解。

七海心想自己真單純。真的很單純。對於約會的邀請感到緊張，又為了赴約的衣服而大費周章，而且今天到剛才為止心情簡直糟透了，卻又因為空太剛剛的一句話而變成了最棒的一天。

不過，正因如此才會喜歡他——七海一邊看著空太的側臉一邊如此心想。

——好好地傳達自己的情感吧。

雖然現在還不行……等到二月的甄試結束，再好好地說出來吧。

在這樣的七海身邊，空太很開心似的炫耀著貓咪經。

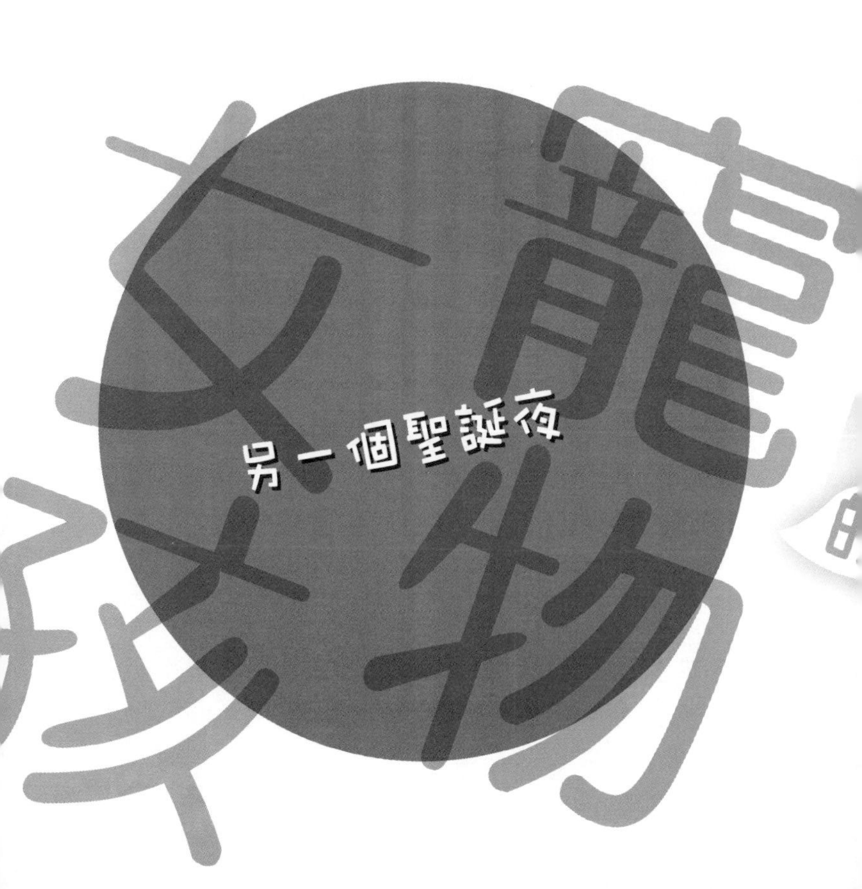
另一個聖誕夜

已經決定要在聖誕夜把這個戒指交給她。

1

十二月二十四日。第二學期最後一天，也是聖誕夜。

結業式後的圖書館，幾乎像是被包下來的狀態。安靜的室內，只有一名男同學的呼吸聲，還有放在偶爾會發出低沉聲音的暖爐上的水壺，發出水蒸氣噴出的聲音。

坐在暖爐附近的三鷹仁，正在解二次函數問題。是大學考試的模擬考題。

自動鉛筆的筆芯在筆記本上流暢地動著。以固定的節奏寫出計算式，順暢地畫出圖表曲線。

計算結束之後，用纖細的手指把有些往下鬆落的眼鏡推回去。

比對參考書的模範解答與自己的答案。答案正確，圖表也沒有錯。仁對於毫無困難地解答，鬆了一口氣。

一邊伸懶腰一邊看看牆上的時鐘，時間已經來到下午一點半多一些。

「難怪肚子也餓了。」

總之，先用寶特瓶裝茶來分散注意力。

這時，門口傳來了聲音。

「飯也不吃就一直念書，還真是認真努力啊。」

即使不用特地確認，光是那個毫不客氣的措詞，就知道聲音的主人是誰。仁故意露出驚訝的樣子轉向他。

門旁站著一位男同學。一身制服上披著外套，脖子圍著圍巾，肩上背著書包的放學裝扮。眼睛透過黑框眼鏡的鏡片，筆直盯著仁的，是這個水明藝術大學附屬高等學校的前學生會長，館林總一郎。一板一眼的認真個性，顯示在整理乾淨而醒目的頭髮上。領帶也仔細固定在上頭，既不歪斜也沒有扭曲。

雖然是上了高中才認識的，但現在已經是三年同班的孽緣了。

「你要是念得太認真，可是會考上大阪的藝大喔。」

「你那是對以志願學校為目標而努力的朋友所說的話嗎？」

「誰是你朋友啊？」

「還是稱為好朋友比較適當？」

「你這傢伙真的是……！」

總一郎用力咬緊牙根，因為憤怒而使得眉頭皺了起來。

「幹嘛那麼生氣啊？因為前學生會長很罕見地那樣諷刺我，所以忍不住想多話。」

「還不是因為你那個態度，才讓我想諷刺你！」

「這我倒是沒發現。真是抱歉啊。」

「沒心要道歉就別道歉了。」

仁聳了聳肩開玩笑，不過總一郎還是一臉可怕的表情。

「那麼，你專程跑來這裡，找我有什麼事嗎？」

推甄確定進入水明藝術大學傳播學系的總一郎，實在不像是為了念書而來到圖書館。不過，因為他認真的個性，倒也不能否定他是來自習的可能性……如果是這樣，應該不會向仁攀談，而是迅速地翻開教科書。

「稱不上是有什麼事。」

總一郎這麼說了，卻仍緊閉著嘴，露出不愉快的表情。接著，與仁斜面對面地在隔壁書桌坐下。兩人的距離大約三公尺左右。總一郎不發一語地觀察繼續解下一個問題的仁。

「……」

「……」

結果，仁解完了一個問題，總一郎還是沒說出到底有什麼事。

仁不在意地對著答案。這次也是正確解答。

「話說回來，前學生會長為什麼會來念水高？」

對於始終不開口的總一郎，仁反倒丟出了話題。

「你怎麼突然問這個？」

「我們都在一起三年了，我卻都沒問過這個吧？」

「不要講得那麼奇怪。我們不過是連續三年都在同個班級而已。」

「所以，是怎麼樣呢？」

「我跟你不一樣，沒有什麼有趣的原因。」

「我也沒有什麼有趣的原因啊？」

無視仁說的話，總一郎繼續說著。

「我的親戚當中有人念水明藝術大學。雖然現在已經畢業了。」

大概是想起了三年前的事，總一郎看著窗外遙遠的廣闊天空。現在天空已經放晴了。天氣預報說晚上可能會下雨或下雪，不過姑且不管預報準不準確……

「親戚啊。然後呢？」

「國三的時候，我因為那個人的邀約來看文化祭，這大概就是契機吧。」

「喔，原來如此。」

附屬高校水高的文化祭，因為和大學共同舉辦，所以規模與普通的高中完全不同。再加上從藝大前站就開始綿延的紅磚商店街也會提供協助，所以既是學校的文化祭，也是街上祭典的一大盛事。

實際上，有很多學生是在這個時期來學校參觀之後，便決定報考水高。

「因為這個熱鬧喧騰的祭典持續一個星期呢。」

「國中雖然也有文化祭，但是該怎麼說呢？等級完全不同，讓我受到了一些衝擊。」

就連仁也一樣，因為一年級第一次體驗到的文化祭，忍不住懷疑起學校的精神狀態，不過也有莫名理解的部分。國中級任老師推薦青梅竹馬上井草美咲來念的，原來是這樣的學校……

「參觀了文化祭之後，我就拿報考用的學校資料回家了。還記得自己在電車裡仔細地看過一遍，當時就覺得在其他學校無法體驗的事，說不定在水高就有可能，也認為那應該會為自己的未來加分吧。」

「真是個會算計又令人討厭的國中生啊。」

不過，總一郎的判斷應該是正確的。因為現在對於媒體世界有興趣，所以已經確實踏上進入傳播學系的這一步。

「要我來說的話，為了跟自己喜歡的女孩子在一起才來報考水高的人，實在是不正常。」

「用這種理由來選擇高中……原來還有這麼令人羨慕的人啊。」

「就是你！」

「在圖書館裡要保持安靜，小學的時候沒教過嗎？」

「還不是因為不正經的三鷹害的。」

「我沒有不正經啊。況且，我還希望你說這才是最純粹的動機呢。因為那個時候，覺得自己想做什麼都會成功呢。」

自己能做什麼、沒辦法做什麼；自己能成為什麼、沒辦法成為什麼。這一切都還模糊不清，所以能夠天真無邪地相信無限的可能性，還以為自己不會被美咲的才能所散發出的光芒灼燒。

「現在做什麼都不會成功了……你的說詞，聽起來就像是已經全部放棄似的。」

「我沒有那麼說……只是……」

「只是什麼？」

「我只是想說，高中的三年，已經讓我能夠清楚分辨了。」

「不對真正喜歡的人出手，卻交了六個女朋友的男人，你到底能怎麼分辨啊？」

「今天的前學生會長還真是毫不手軟啊。」

接著還嚷嚷著「好可怕、好可怕」，不過表情還是笑嘻嘻的。

「誰叫你都不改一下那個開玩笑的態度。」

「我已經在改了喔。」

「那裡啊？」

「要說現在的情況，我已經沒有跟任何人交往了。」

對於仁乾脆地說出口的話，總一郎似乎感到相當意外，皺起眉頭，緊閉著嘴。

「……」

「要我再說一次嗎？」

「你不是在開玩笑吧？」

他用認真的眼神直盯著仁。

「要是我說是在開玩笑，大概會被前學生會長給宰了吧。」

「嗯，我是有這個打算。」

仁刻意舉起雙手，擺出投降的姿勢。

「雖然不是因為這個原因，不過我說已經沒有跟任何人交往是事實。」

「分手了嗎？」

總一郎稍微選了一下用字遣詞，如此問道。

「……在這個情況下，『對方守護了乳臭未乾的小鬼的將來』這種說法可能比較正確。」

「……」

「讓我深刻感覺到自己一定要成為大人。」

仁不自覺地露出自嘲的笑容。

「你竟然還能存活下來，我還以為你一定會被誰給砍了呢。」

「大概因為我不是值得砍的男人吧。雖然我已經有會被捅的覺悟……我很高興獲得諒解，同時又覺得自己很窩囊。」

「那就表示，我們還只是這種程度的小孩子而已吧。」

「嗯，話是這麼說沒錯。不過卻自以為是大人了……真的是很難看啊。」

「那麼，這次一定要成為大人。」

「我會慢慢來的。」

這時，對話暫時中斷了一下。

「那麼，到底是什麼事？你不是有話要說嗎？」

「……」

「還是那個？突然想見我之類的？」

「怎麼可能？」

總一郎一臉打從心底嫌惡的表情。

「那就不要再跟我打情罵俏了，趕快回去吧？」

「你說誰跟誰在打情罵俏了？」

「前學生會長跟我。」

「誰叫你說了！」

「是你問我的吧？要搞清楚喔。」

「……」

總一郎一臉糟了的表情，陷入沉默。

「你要是真的沒事就趕快回去吧。你這樣板著臉待在這裡，我也無法集中精神準備考試。」

「剛剛明明就說了一堆廢話，你還真敢說。」

仁扮了個鬼臉，意識又回到數學問題上。這次是三角函數。

正開始計算時，總一郎開口了……

「有關沙織的事。」

「皓皓？」

仁的目光繼續看著題目。

「她正式決定要去奧地利留學了。」

「所以，前學生會長是來揍對皓皓多嘴的我一頓的嗎？」

之前仁說出自己要去大阪的決心時，皓皓——也就是姬宮沙織，便決定要離開日本去奧地利留學。因為會與男朋友館林總一郎聚少離多，所以之前一直很煩惱，甚至比較傾向留在日本。

「如果是其他理由，我是很想揍你一頓，不過這次不是這樣。」

「不然又是什麼？真是拐彎抹角啊。」

仁緩緩提高視線。總一郎也正看著仁。

「拐彎抹角的人是你吧。我是指上井草的事。」

「喂、喂，別這樣吧。竟然連前學生會長都講起美咲的事。」

「聽說你打算告訴上井草你要報考大阪的大學。」

馬上就知道情報來源了。

「你是聽皓皓說的吧。」

「嗯。」

「只要告訴女方，男朋友也會知道啊。」

那大概是上個月的事吧。在頂樓談話時，已經跟沙織說自己打算在聖誕節告訴美咲。

「畢竟總不能不吭聲就走吧。」

「你不打算乖乖向水明藝術大學的文藝學系提出申請嗎？」

「要是這樣，我早就直升入學了。」

因為仁有這樣的資格。

「就算分隔兩地，你也真的無所謂嗎？」

「沒關係啊。」

「三鷹的情況，跟我和沙織根本就不一樣吧。」

「嚴格來說，本來就不會有完全相同的人類。」

「不要岔開話題。」

「個性使然啦。」

是從什麼時候開始的呢？在這種時候，總會自然而然敷衍搪塞。是國中的時候呢？還是小學……試圖回想卻想不起來。

但是，並不是生下來就這個樣子。關於這點倒是沒來由地很清楚。

連仁自己也覺得自己越來越會閃躲了，對此卻一點也不覺得驕傲得意。真是討厭的個性。

「……」

即使緊閉著嘴，總一郎的目光還是帶著這樣的意識筆直看過來。

「你如果老是一副那麼可怕的表情，會被皓皓討厭的喔。」

「你以為是誰害的？」

「應該是我害的吧。」

「真是，你到底哪些話是認真的？」

「當然全部都是認真的。包含我要去念大阪藝大的事、現在正在準備考試的事，還有美咲的事，全都是認真的。」

「你……」

總一郎目不轉睛地瞪著仁。

「被你這樣注視著，真是讓人害羞呢。」

「你不會因為擁有像暴風雨般的青梅竹馬，就覺得自己很不幸吧？」

「我看起來有那麼卑微嗎？」

總一郎沒有回答，視線落到地面。他輕咬著下唇，正在思考著什麼事。

「被捲入暴風雨的，可不是只有你喔。」

接著他停下思考，如此說了。

「我知道。每次考試的時候，你都會對美咲燃起對抗意識。」

總一郎露出了苦笑。

「結果在這三年期間，考試方面我一次也沒贏過上井草。」

期中還有期末……每次考試的時候，總一郎總是會卯足全力想贏過美咲。

「第二名是我的固定位置。雖然想過至少要贏她一次，結果最後的期末考也沒辦法。甚至還發生過度意識上井草而白忙一頓，最後掉到第九名的事……」

「我記得是二年級的第二學期吧。那真是傑作啊。」

總一郎聽了露出不高興的表情。仁這才終於開始勸他息怒。

「當然，我跟你的情況不一樣。不過，我也很清楚上井草不是普通人。雖然她本人可能覺得自己很普通，但這又更傷害了周遭的人，就像是手上帶有鉗子一樣……」

「又不是蝦子或螃蟹。」

「當然只是比喻啦！」

「我知道啦。」

「跟你講話，還真是讓人很火大呢。」

「是嗎？我倒是很開心呢。」

總一郎從座位起身，拳頭已經緊握著。話雖如此，他也不是這樣就會揮拳相向的個性。

「總而言之，我想說的是……」

仁刻意打斷他。

「我知道。我很清楚前學生會長不是在講自以為是的話，不然也不會因為擔心我跟美咲而跑來圖書館了。甚至原本應該根本不想跟我們扯上關係吧。」

「既然這樣！」

「就算這樣……不，該說是更因為如此吧。你果然還是不了解美咲。」

仁自然看向暖爐的方向。從水壺冒出來的水蒸氣，使得另一頭的景色有些扭曲。

「我想，說不定根本就不可能完全了解某人。」

「我跟你的意見不同。」

「是嗎？」

「了不了解根本就沒有意義。結論就是，在你的心裡還是有上井草的存在。」

雖然是平靜的聲音，但總一郎很有自信地說著。

「我說啊……」

「什麼事？」

「你醉了嗎？」

「我還未成年啦！你這個傢伙，別人在講正經事的時候，你老是這樣，講些不正經的話來調侃我。不，算了，現在不是要講這些。你也差不多該承認了吧。你喜歡上井草吧。」

「有了可愛的女朋友，果然就不一樣了呢。真沒想到會從前學生會長的嘴裡，冒出喜歡這個詞來。」

「還不是你那個不正經的態度逼我說出來的！」

「是這樣嗎？」

「真是讓人火大的傢伙。」

「感謝你的讚美。」

「我根本就沒在稱讚你！」

「那可真是失敬了。」

激動的總一郎又想抱怨什麼，不過大概知道那樣也是徒勞無功，嘆了口氣後又坐回椅子上。

「而且，你能夠放著上井草不管嗎？你明明就是放她一個人會感到不安，所以才跟著來念水高的男人。」

「這點倒是不用擔心。那傢伙已經不是一個人了。」

「你是想說有櫻花莊那群夥伴嗎？」

「你還真是知道一些丟臉的名詞呢。連我聽了都害羞起來了。」

「好像不真的揍你一拳，你是不會了解的樣子啊。」

總一郎再次握拳站了起來。

「不用擔心美咲的事。」

仁像是要確認自己的話，緩緩說出真心話。

「就像你說的，美咲已經有了夥伴，是美咲一直以來想要的夥伴。」

「其中也包括神田空太嗎？」

「真不愧是前學生會長，很有看人的眼光呢。」

「我有時會覺得，那傢伙看起來是最正常的，但搞不好是最怪的人。」

「畢竟他可是我感到自豪的學弟啊。」

雖然本人似乎完全沒察覺，但是讓怪人群聚的櫻花莊凝聚起來的，毫無疑問是空太。真是個有趣的學弟。平白遭受波及、被耍得團團轉，明明一定有很多話想抱怨，即使如此，就結果而言卻也不對其他人感到絕望。不論何時都不以旁觀者自居，生存方式本身就是個當事者。

老實說還真是笨拙的個性。不過，也有覺得羨慕他的時候。因為比起當個旁觀者、假裝聰明的樣子，他看起來更像是活在當下。

「前學生會長要說的好話就是這些嗎？」

仁像是要拉回話題如此說道，總一郎瞬間緘默不語。過了一會兒，下定決心似的再度開口。

「回到剛剛的話題……我是為了沙織的事來向你道謝的。」

「雖然我做了可能會被怨恨的事，但應該沒做什麼值得別人道謝的事吧。」

「關於留學，我不知道向她說過多少次『妳應該去留學』。但是，內心某處還是有一部分希望她留在日本。應該是這樣才讓沙織猶豫不決吧。事實上是多虧了你，才讓她能夠下定決心。對沙織而言是這樣，對我來說也是好事。」

仁默默地聽著，中途完全沒有挖苦或嘲笑。

「……這麼說的話，要道謝的人應該是我。」

「這我倒是想知道理由。」

「謝謝你特意這麼擔心美咲的事。」

「不、不是我！只是因為沙織從以前就一直很在意上井草跟你的事而已！」

大概是覺得不好意思，總一郎把臉別開。

「那就當作是這樣吧。」

「當然是這樣。」

「那麼，幫我向皓皓問好。」

「自己去說。」

「別這樣嘛，反正你等一下要跟她約會吧？」

「……」

眼看總一郎的臉越來越紅。

「今天是聖誕夜了嘛。」

「那、那又怎樣！」

「沒怎樣啊。這種日子，接吻也比較容易吧？」

「煩、煩死人了！」

總一郎發出巨大聲響站起身，準備走出圖書館。

「看你這個反應，原來是已經有這樣的打算了吧？」

「吵、吵死人了！」

「沒有自信的話，要不要拿我練習看看？」

「才、才不要！」

「開玩笑的啦。」

「那、那當然！」

總一郎準備離開圖書館。仁不自覺地對著他的背影出聲。

「喂，學生會長。」

仁也對自己的行動感到有些意外。

「別忘了加上『前』字。」

仁充耳不聞，繼續說道。

「我……果然是做錯了什麼吧？」

不論總一郎或皓皓，都曾問自己真的要去大阪嗎？那是因為他們反對把美咲一個人留下來。

「是啊，你是做錯了。」

「這樣啊。」

「不過倒也沒做錯什麼。」

「這樣啊。」

「畢竟，我也不知道怎麼做才是正確的。說不定也沒有人會知道。」

「……」

「就算現在覺得做錯了，說不定過了幾年，有天會覺得其實自己並沒有做錯。」

「……」

「即使現在覺得沒做錯，也許明天就會覺得自己做錯了也不一定。」

「說的也是。」

「就像三鷹所說的，上井草已經不是自己一個人了。所以，也許你已經沒必要因為擔心而一直待在她身邊。預想之後的事，你那為了將來所以現在要保持距離的想法，就理論上可以理解。只是，你聰明巧妙的做法，實在讓人覺得不是很愉快。」

「那麼，現在立刻開始交往，不到一年後就分手，這樣做會比較好嗎？」

「不要分手就好了。」

這是不可能的。只要仁還沒捨棄自己的夢想……無論如何就是會感受到自己與美咲之間的差距，然後就會開始焦躁，焦躁會轉變成不耐煩。最終，這個焦躁不耐煩會將仁的身軀侵蝕濁黑，就連最珍惜的美咲也會變得可憎。

甚至連現在都有這樣的傾向。

仁為了甩開討厭的情緒，故意調侃般說道：

「說著『這個也不要、那個也不要』而還能被原諒的，就只有流著鼻涕的小學生喔。」

這句話中的意思，總一郎應該已經明確了解了。

這個話題已經結束。

「那麼，學生會長又如何呢？是因為以前覺得很棒才來念水高的吧？這件事沒有做錯嗎？」

「我覺得根本就是大錯特錯。真不應該跟像你還有上井草這樣的人扯上關係。」

「那可真是抱歉。」

「不過啊……我現在已經沒辦法想像未曾認識你或上井草的自己了。」

「哈哈，這我有同感。」

聽完仁說的話，總一郎朝門伸出手，緩緩滑動打開。他沒有立刻走出去，背對著仁說道：

「三鷹。」

「嗯？」

仁彷彿說著「還有什麼事嗎」，冷淡地回應。

「好好加油啊。」

越過肩膀看到的側臉，似乎露出了淺淺的笑容。

「總一郎才是吧。如果太過貪婪飢渴，可是會被晧晧討厭的喔？」

「誰、誰飢渴了啊！而且，不准用那種奇怪的稱呼啦。」

因為害臊與憤怒而滿臉通紅的總一郎，轉過頭來抗議。

「越是平常看起來認真的傢伙，一脫韁繩就越不知道會做出什麼事來。因為欲望這種東西，是沒辦法自己控制的。」

「由你來說還真是莫名地有說服力啊。」

「說不定會出乎意料，是皓皓鬆脫韁繩就是了。要小心別被襲擊了。」

「你要是再講些奇怪的話，我可不會輕易放過你。」

「這是遵守學校紀律的學生會長應該講的話嗎？」

「放心吧。我已經不是學生會長了。」

「這倒也是。那麼，就算逾矩也無所謂囉？」

「你這傢伙真的是……」

「至於進展到哪裡，事後再來向我報告就好了。」

「誰要跟你說啊！」

門「砰」的一聲關上，這回總一郎真的離開了。

「哎呀哎呀，真的惹他生氣了嗎？」

自言自語的聲音，迴盪在只剩下仁一個人的圖書館裡。突然深切感覺到寂靜。

「真是個多管閒事的男人啊。」

這樣的人，真是讓人覺得麻煩到了極點。不過因為也讓人覺得感激，所以才不可思議。真的，讓人感激得忍不住笑出來。

仁放鬆地靠上椅背，緩緩吐氣並看著天花板。日光燈的光芒微微閃動著。

仁的手自然地伸到上衣口袋，從裡面拿出銀色的設計款戒指。這是這個月買的東西，要在今天交給美咲。

不過，在那之前還有重要的事必須說出來——自己不念水明藝術大學；想一個人去念大阪的大學；已經跟六個女朋友分手……

還有比任何人都更喜歡美咲，但卻不能現在就立刻在一起。

因為想以成為劇本家為目標專心念書。

「那麼，我也要回家了。」

仁把戒指放回口袋，收拾參考書與筆記本。關上暖爐的時候，手機響了起來。

畫面顯示「神田空太」。

仁按下通話鍵，接聽電話。

「唷，怎麼啦？」

『啊，仁學長。是我，我是空太。』

「我知道啦。」

『你現在人在哪裡？』

「學校的圖書館。」

『那麼，有件事想拜託你。』

「禮物的話，去向聖誕老公公要吧。」

『不是那種事啦。』

「那麼，是受歡迎的秘訣？」

『雖然務必想向你討教，不過也不是這件事！』

「不然是什麼事？」

『是蛋糕啦。我已經向商店街的蛋糕店訂購了，想請你回家的路上去領回來。因為我傍晚要跟椎名一起出門。』

「真白有出版社的尾牙，而空太是要跟青山同學約會嘛。」

『不，並不是約會。』

「你們要一起去看舞台劇，然後吃完飯才回來不是嗎？」

『是這樣沒錯。』

雖然一般都稱之為約會……不過仁也沒說出來。因為就算是空太，只要實際上處於那種狀況，也一定會察覺吧。所以先不說出來，可能會比較有趣。

『雖然可能會稍微晚一些，不過事情結束之後，我就會馬上帶著椎名一起回去了。請仁學長不要到處亂晃，要待在櫻花莊裡喔。因為要大家一起歡度聖誕派對。』

「我知道啦。你最近怎麼每天都講這個台詞啊？」

『有、有嗎？』

「要是你這麼露骨地叮嚀我，不是會讓我忍不住想探究你是不是在打什麼壞主意嗎？」

『什、什麼事也沒有啊！真、真的啦！』

即使沒看到本人，空太慌張的模樣也彷彿就在眼前。仁忍不住在喉嚨深處笑了。

「好、好，我知道了。」

『真的什麼事都沒有啦。只是很普通地辦聖誕派對……』

「我都說我知道了。」

應付完再次叮嚀的空太之後，仁掛斷了電話，把手機放回褲子的口袋裡。

拿起書包，走了出去。

比平常更強烈地感受到心臟的跳動。

並不是因為期待聖誕派對而感到興奮，是因為意識到今天要全盤告訴美咲。

「這還真是不妙啊。」

發出聲音後，緊張感又更加劇烈了。

不過，對於身體老實地反應出來，仁有種奇妙的安心感。雖然無法相信腦袋所想的事，但卻能相信身體所感受到的就是自己的真心。

「我……還真是很喜歡美咲呢。」

莫可奈何地，就是如此。

2

十二月二十四日，聖誕夜。下午五點。

住在櫻花莊１０２號室的赤坂龍之介，人正在都內的商務飯店裡。

房內有一張床、有一張鏡面的桌子、一張椅子。簡樸的房裡絲毫沒有不必要的東西，裝飾也枯燥無味。

不過，龍之介對於房間的樣子並沒有不滿。

網路設備很完整。

只要滿足這個條件，就沒有抱怨的道理。

他迅速打開筆電的電源，接上區域網路。

作業系統啟動之後，首先連結上設置在櫻花莊裡自己房間的伺服器。淡然地進行工程，靜待下載完必要的資料後便開始工作。

室內只迴盪著「喀噠喀噠」輕快的敲擊鍵盤聲。

現在所進行的是遊戲引擎的開發，遇到些許困難。減輕物理演算的處理負荷，並沒有依照自己所想的進行。

遊戲軟體開發公司提出了希望增加物件數量的要求，所以他正在處理。繪圖系統已經被縮減到極限，所以只能在物理演算上加工。

龍之介每次敲打鍵盤，畫面上的原始碼便不斷被寫入。龍之介所開發的自動郵件回信程式AI女僕，正在畫面的右下角拚命努力工作。二頭身的嬌小身體，移動著跟自己身高差不多的大鉛筆，正在書寫回覆的郵件。

女僕的3D模型，是由住在同一間宿舍的三年級生——上井草美咲擅自做出來的。別說是設計了，就連骨構造與動作資料的製作都非常高超，所以才會像這樣被使用。不愧是自行製作動畫都能讓世間驚訝的實力派，品質上沒得挑剔。

美咲心血來潮的時候，就會定期製作配合季節的服裝或髮型，以及新的動作。現在已經有十套服裝、五種髮型，而動作的數量則是數也數不清。

郵件的回信作業似乎是處理完成了，女僕朝向畫面的這一邊。

「砰」的冒出像漫畫裡的對話框。

——龍之介大人，郵件的處理已經完成。

女僕畢恭畢敬地鞠躬致意。

——工作的委託有三件。其中一件是新的工具製作委託，第二件是跟動作控制系統的改版有關。我這邊已經連絡對方，表示龍之介大人將會另外回信。

訊息量一增加，女僕的背後就會出現記錄。

——關於與工程師情報交流的郵件清冊，已經移動到保存資料夾裡，有空的時候請再做確認。主題是關於網路程式。其他還有來自空太大人不得要領的信件，已經大致隨意地讀過了。

在信件處理方面，已經到達幾乎完美的程度。擴大其機能後，現在還能應用在聊天室或櫻花莊的會議紀錄上。

上個月起，取得女僕用的社群網站帳戶，已經開始運用測試。每天平均都會留下四、五篇文章，這一個月的關注者也突破百人了。目前還沒被察覺是ＡＩ，算是很順利的開始。

女僕的高機能化進行得很順利。

只是隨之而來的，也出現了一些小問題。因為讓她常駐的關係，所以需花費莫大的記憶體容量與處理的負擔。

一般普通的電腦已經沒辦法讓她正常動作。現在在筆電畫面上動作的女僕，其實並不存在於筆電裡，而是在櫻花莊102號室……龍之介房內所設置的伺服器裡，以高規格的主機動作。

透過連到這裡的網路線，只輸出演算處理的結果。

「這次工作結束之後，必須高速化女僕的處理。再繼續增加中央處理器的負擔就不行了。」

在夏天之前，最好也把房裡所有電腦的冷卻系統改為水冷系統。

龍之介正打算回到工作上時，女僕又說話了。

──那個，龍之介大人，很抱歉打擾您工作……

女僕就像人類一樣，也會吞吞吐吐。

──什麼事？

──剛剛看了一下伺服器的衣櫃，發現又增加了新的洋裝。

毫無疑問是美咲幹的好事。因為在伺服器已經準備了一個可以放入女僕檔案的資料夾。

──我可以去換裝嗎？

──妳想怎麼做就怎麼做。

──謝謝您。

女僕優雅地鞠躬，隨著一陣煙消失在出現的試衣間裡。畫面透過簾子只看得到裡面的影子。

影子不斷蠕動著，大約五秒後即換裝完成。

走出來的女僕，身穿紅色與白色基調的毛茸茸服裝。應該是所謂的聖誕老公公。以龍之介的調調來說，就是聖誕夜裡由煙囪非法入侵的謎樣老人。不過，就女僕的情況來看，倒是完全看不到老公公這個要素……

——今天是聖誕夜了啊。

——龍之介大人對這個沒有興趣呢。真是抱歉。我還是去換回平常的服裝。

女僕有些垂頭喪氣的樣子，準備回去試衣間。

——換衣服只是浪費時間。今天穿這樣就好了。

——謝、謝謝您。

女僕恭敬地點頭致意後，一副充滿幹勁的樣子坐回畫面上的書桌，開始像是事務性的工作。

這時女僕察覺到了某件事。

——啊，龍之介大人。有您的郵件。

——誰寄來的？

——那是……

女僕欲言又止的原因，一看信箱就立刻理解了。

麗塔·愛因茲渥司。

龍之介的表情明顯變僵硬。每看到這個名字，腦海裡……或者該說臉頰就會回想起那天親吻的觸感。九月結束時，在成田機場出境大廳，與輕飄飄的溫柔香味共同造訪的柔軟觸感……

光是回想起來，人都快要昏了過去。雙手滿是雞皮疙瘩。

龍之介彷彿要揮去那令人作嘔的記憶，搖了搖頭。

——交給妳回信了。

龍之介向女僕提出指示，逃避似的回到工作上。

在螢幕畫面上，女僕鼓足了幹勁。

——請交給我吧！我一定會回應龍之介大人的期待，擊退外國產的害蟲給您瞧瞧的！

3

日本時間是下午六點。大約有九個小時時差的英國，現在還是早上。

——龍之介，Merry Christmas！麗塔．愛因茲渥司。

穿著睡衣的麗塔，用自己房間的筆電寄出郵件到日本。

兩腳屈膝跪坐在椅子上，喝著紅茶等待回信。時間靜靜流逝，溫柔晨光從窗外照射進來。

這裡是曾經與真白同住在一起的學生宿舍。

格局恰好適合一個人居住。不過，自從變成一個人之後，就開始覺得房間好寬敞。即使真白到日本已經過了九個月，現在這種感覺依然沒變。

有時會無意識地想找真白說話。

今天早上也是，一覺醒來之後，睡昏頭的腦袋還在想著要幫真白做飯。現在這個任務，已經由日本的少年……神田空太接棒了。

想像著被真白耍得團團轉的空太，麗塔微微笑出聲了。

看著窗外。天空好藍，真是好天氣。日本也是這樣的好天氣嗎？

「就算是晴天，那邊現在也已經是晚上了呢。」

這麼說出口的同時，響起了通知收到郵件的聲音。

一看到內容的瞬間，神清氣爽的好心情就到遙遠的彼方旅行去了。麗塔不高興的情緒，老實地顯露在臉上。

——現在，龍之介大人正認真地專注於遊戲引擎程式的高速化作業。因此，我無法轉達麗塔大人的無聊郵件。特此致歉，盼能獲得您的理解。您的情敵·女僕敬上

又是這個。

從日本回來已經三個月了。

明明幾乎每天都寄出郵件，但目前為止收到龍之介自己寄送的回信，卻只有一封。而且還是對於幫忙製作文化祭的「銀河貓喵波隆」的背景作業，稱讚「做得很好。值得讚許。」這樣亂

七八糟的一句話而已。

之後都是由龍之介所製作的自動郵件回信程式ＡＩ進行回信的工作。

「我可是寄了這麼多的信件過去，龍之介到底是哪裡有問題啊？」

一點也不有趣，令人生氣。第一次被男孩子如此殘酷地對待。不過，不可思議的是，麗塔完全沒有「那就算了」這種放棄的心態。反倒是「一定要讓龍之介喜歡上我」，完全點燃了鬥志。

「我可是很不服輸的。」

接著敲打鍵盤，送出信件。

——我沒有事要找女僕妳，請把龍之介交出來。

——現在，龍之介大人正認真地專注於遊戲引擎程式的高速化作業。因此，我無法轉達麗塔大人的無聊郵件。特此致歉，盼能獲得您的理解。女僕敬上

女僕故意又寄了同樣的信件回來。

——做這種蠢事也沒有用喔？因為我已經很清楚妳比空太還要聰明伶俐了。

——竟然拿我跟空太大人比較，麗塔大人您也真壞。

——總之，我想要談話的對象是龍之介。

——麗塔大人您才是，既然不同於空太大人、不是個笨蛋的話，是不是請您也該接受現實了呢？您應該已經很清楚了吧？龍之介大人覺得您是個大麻煩。是個大麻煩。

——龍之介只是在害羞而已。想我在他臉頰上親吻的時候，他可是高興到昏了過去呢。

——那只是因為龍之介大人討厭女性而已！請不要隨便做出自己想要的解釋。況、況且！您不過是個鄉巴佬而已，竟然擅自滿足了條件，還突然就以為自己的好感度超高，沒常識也該有個限度！而、而且！竟然還親、親了龍之介大人，您、您到底是什麼東西啊！

看來親吻的話題讓女僕產生動搖了，變得很激動。見縫插針，再繼續擾亂看看好了……

——我嗎？我是麗塔．愛因茲渥司。年齡是十六歲。別看我這樣，我可還是個新手畫家喔？身高是一百六十三公分，體重是秘密。三圍是88、58、87。五歲之前都還相信聖誕老公公的存在。專長是繪畫，現在最喜歡的東西是龍之介。

——您還真敢厚著臉皮說啊。

——感情就是要直率地說出來，才能傳達給對方。

——那只會造成別人的困擾而已！況且，為什麼是龍之介大人呢？如果是麗塔大人，一定會有成群的男性被您的美貌吸引而來。其中也會有能受到您青睞的男性吧。

誠如女僕所說的，麗塔經常受到男性主動攀談，也會被詢問電話號碼，飯局的邀約更是多到數也數不清。

不過，都沒有用。

憑他們無法動搖麗塔的情感。至少，還比不上繪畫來得刺激。

——很遺憾，我只會對龍之介感到心動。

——我正在請教您其中的理由。

——因為他很帥啊。

——龍之介大人的確很帥。特別帥氣。

——他那中性的容貌真是充滿魅力。有魅力到希望他來當我的模特兒。

——啊，那請務必讓我欣賞……不過，不能當您的模特兒！在畫室裡兩人獨處，麗塔大人究竟打算做什麼啊！

——我會忍著只脫他的上半身就好囉？

——妳這個狐狸精！西洋的狐狸精！果、果然不能讓您接近龍之介大人！您這樣逼近龍之介大人，到底要做什麼！

——可以的話，想讓他成為我的東西。或者，該說是想讓我自己成為他的東西。

——真是何等猛烈的追求啊！實在是太不謹慎節制了！

——不謹慎節制的是女僕妳吧。

——您說我哪裡不謹慎節制了？

——不過是個隨從，竟然對主人抱持邪惡的情感，實在是太下流了。完全就是居心不軌吧。

——我、我並沒有居心不軌……

——妳想把我支開好獨占龍之介吧?而且今天又是聖誕夜。不過,我可不會讓妳稱心如意。

——反、反正,龍之介大人很討厭您!如果懂了,就請趕快放棄吧。

結果,又回到原點了。

麗塔的手暫時離開了鍵盤。

「果然,遠距離單相思是很困難的呢。」

麗塔從窗戶眺望遠方。這片天空綿延到日本。

「不過,說得也是。那就直接去見他好了。」

然而,沒辦法現在立刻過去,因為正在作畫,準備參加比賽。另外也還有一幅附近美術館委託的現代美術展用作品。雖然不打算放棄龍之介,不過繪畫對於麗塔而言是代表自己的證明,所以要繼續畫畫。繪畫也會成為其他的生命力。比方說,這會支持自己喜歡龍之介的感情,然後,這感情又會成為新的能量,接著又讓自己強烈地想要作畫。

雖然原本是打算把真白帶回來才造訪日本,但麗塔實際感受到還好自己去了這一趟。這讓麗塔想起了對自己而言,重要的東西是什麼……喜歡的東西是什麼,把自己拉回曾一度中斷的繪畫之路,比去日本之前變得更喜歡繪畫,也有了其他喜歡的東西。因為這樣,感覺每天的生活都過得很充實。

一邊看著桌曆一邊確認行程的麗塔,看到明年一月,接著來到二月。二月的十四日進入視野的瞬間，因為想到了好點子，嘴角露出會心的微笑。

「我記得日本的情人節，是送巧克力給心儀的男孩子的節日。」

其實現在就想拿著護照飛去日本。不過，這件事要暫緩。

「請期待情人節吧。」

麗塔在闔上筆電的同時如此說著，浮現壞心眼的笑容。

4

一看手機，電子時鐘顯示八點九分。

在距離藝大前站三站的地方，一家以賣雞翅自豪的居酒屋，店內幾乎是高朋滿座，熱鬧喧囂。

在吧檯一角有張無精打采的臉。擔任櫻花莊監督教師的千石千尋，正嘮嘮叨叨地說醉話。

「真是的，既然是聖誕夜，就不該待在這種平凡的居酒屋，開心得飄飄然的男女就該去更時髦的義大利餐廳才對。」

正因為是聖誕夜這樣特別的日子，所以有許多情侶檔客人。大約有一半以上都是。

這麼開心的氣氛，正是千尋心情惡劣的原因。

「因為不景氣，所以大家都沒辦法把錢花在約會上吧。」

坐在隔壁的同事小春，一邊傾倒著啤酒酒杯，一邊無所謂似地回應著。她的臉微微染紅。聚餐才開始一個小時，兩人都已經喝開了。

「真是的，不要說這種小家子氣的話。既然是聖誕夜的約會，就該一邊看著美麗的夜景，一邊說『好美喔』、『妳更美』之類的話吧。啊，店員先生，我要追加啤酒。」

「我也要～～」

緊接在千尋之後，小春也遞出空了的啤酒杯。年輕的男性店員開心地撤下酒杯。

「欸、欸，妳不覺得剛才的男孩子很可愛嗎？」

小春如此說道，卻完全被漠視。

「如果討厭夜景，就趕快滾回飯店去交合吧。反正，那就是最後的目的。」

「來了，啤酒，讓您久等了。」

越過吧檯，蓄鬍的中年店員遞出兩杯啤酒。千尋與小春同時收下，總之先來一口。

「哈～～」

「啤酒真是美味啊～～」

接著送上點的丸子串燒，裡面加了紫蘇。

千尋依然一臉不高興而扭曲的表情，把丸子送進嘴裡。

「話說回來啊，千尋，妳打算怎麼辦？」

吞下串燒的時候，小春如此問道。

雖然最重要的部分完全被省略了，不過聯想得到的事有兩件。

「妳在問哪一件？」

「當然是和希同學的事囉。」

「哪來的當然啊？」

遇到麻煩的話題，啤酒就喝得特別快。千尋向店員追加了已經搞不清楚是第幾杯的啤酒。年輕的男性店員又開心地過來撤下杯子。

「彼此都已經是成人了，不讓步的話是不會有進展的。」

「唯獨不想被妳插嘴管這件事。」

千尋斜眼瞪了過來，小春扮鬼臉地笑了。

「好～～可怕喔。」

「真是的，居然還敢一臉若無其事的表情問我『妳打算怎麼辦？』啊。害我打冷顫了。」

「不需要這樣責備我吧。因為那個時候，我也是真的很喜歡和希同學啊。」

「以妳來說，只不過是羨慕別人的東西罷了。妳最好改一下那種個性。我是說真的。」

「是這樣沒錯啦。不過，和希同學不太一樣吧？他又還不是千尋的東西。嗯，雖然我確實是很羨慕你們兩個像是相互支持彼此夢想的關係啦。因為我只是受到擔任教師的父母親影響，才想說當老師好了，一點也不有趣。」

「我原本就沒打算要有趣啊。」

「而且，在大學畢業前，千尋會拒絕和希同學的告白，並不是因為顧慮到我吧？」

「……」

確實如同小春所說的。

在大學即將畢業時……和希已經是遊戲開發者而有所進展，還往前走到了畢業的同時就開公司的地步。夢想近在咫尺。

然而，千尋以繪畫為工作的夢想，卻還在夢中徘徊流浪，別說是出口了，就連該前進的方向都還沒找到。

所以……

——讓我考慮一下。

千尋如此回答和希，已經是竭盡全力。

她也曾有過還能繼續的想法。即使一邊工作也能作畫，能繼續創作自己的作品。

只是，所謂的社會比想像中的還要更加忙碌，自己的時間被剝削的程度遠超乎想像。而現在也還持續擔任的美術教師，也是因為隨波逐流於不得不先就業的迫切感，才開始從事的工作。

但是一回過神，美術教師已經成為生活的中心了，根本沒空閒創作作品。

然後，到了將近十年後的今天，自己已經接受了身為教師的事實……

倒也不覺得有什麼不好。當初還認為這裡不是自己該待的地方，不斷持續抗拒著……而這種感覺，如今也只存在於懷念的過往中。

「千尋是因為和希同學選擇了與遊戲不同的工作，所以對他幻滅了嗎？」

「……」

應該沒有這種事。並不是所有人都能得到自己所訂下的目標。況且，自己並不是因為頭銜、地位或工作這種東西，才被和希吸引的。自己所喜歡上的，是試圖去做些什麼的和希。即使就結果而言，是走上了不同的道路，藤澤和希這個人並不會因此就不是藤澤和希了。這種事一旦過了三十歲，就算再不願意也會明白，對事物的標準也與以前不同了。好看、不好看……已經不再是拘泥於這種只有表面的小孩子了。

「我覺得，就算和希同學看到擔任老師的千尋，也絕對不會幻滅。雖然有可能被取笑妳不適合就是了。」

「我覺得會被取笑的是妳吧。」

「咦～～什麼意思？」

「算了，無論如何，都已經是過去的事了。」

「唉……真是頑固啊。那麼，我可以收下嗎？」

「……」

「我可以收下和希同學嗎？」

「幹嘛要講兩次啊？」

「因為第一次妳沒回答我。」

小春啜飲著不知何時點的雞尾酒，嚷嚷著「好喝」，感受微小的幸福。

「隨便妳啊。」

「這樣嗎？那我就努力看看囉。和希同學長得也不錯，既是有名的遊戲開發者，還是公司社長，所以收入應該也沒話說。妳不覺得是很不賴的貨色嗎？」

「妳到底都在看那個男人的哪裡啊？妳以為那個遊戲狂，能夠正常地談戀愛或過結婚生活嗎？別指望了，一定會很辛苦的。」

「明明那麼清楚，千尋根本還有所依戀嘛。真是個執著的女人啊，好可怕，好可怕。」

「如果妳還要繼續這個話題，那我就要回家了。」

「咦～～等一下啦。聖誕夜不要留我一個人，我會寂寞死的。」

「像妳這種人可以死皮賴臉地活下去，所以沒問題的。」

千尋準備起身，小春緊抓著她的手臂。

「不要走嘛。」

每次都會對這種撒嬌的動作感到不耐煩。一起去聯誼的時候，總是會受到男性的青睞，所以更讓人火大。千尋是死也模仿不來的。

「不然，我就改變話題好了。」

千尋老實地坐下，又追加了啤酒。

在這之後，還以為討厭的話題結束了。

「那麼，另一件事妳打算怎麼辦？」

小春卻提出更令人討厭的話題。

「妳在說什麼？」

「妳明明就很清楚，就是要拆除櫻花莊的事啊。這次校長是認真的吧。畢竟他都已經揚言要在寒假找業者來調查老化腐朽程度，還有拆除評估作業了。」

「還沒有在理事會上被同意啊。」

「話是沒錯啦……有跟神田同學他們說了嗎？」

「沒有說的必要吧。」

「我覺得還是早點說比較好。」

「那些傢伙，現在連自己的事都忙不過來了，怎麼可能跟他們說啊？」

空太與真白似乎有些在鬧彆扭，七海則是明年早早就要面臨決定是否能隸屬於訓練班的甄選。仁是考試與美咲的問題，美咲則是有關仁的事。雖然唯一只有龍之介還可以說算從容，不過即使跟他說了，也不會因此就有辦法解決。

千尋彷彿吞下滿腹錯綜複雜的情感，咕嚕咕嚕地大口灌著剛點的啤酒。

「啊～～啊，總覺得真是討厭啊。」

小春帶著醉眼茫然的表情，突然如此說道。

「討厭什麼啊？」

「千尋竟然說著像是為學生著想的好老師會說的話，真是叫人驚訝啊。沒想到那麼冷淡的千尋，竟然很適任老師的工作。」

「那是我要說的話吧。」

「不過，那也沒辦法囉。因為千尋下個月就三十一歲了嘛～～」

「妳也是啊。」

千尋與小春的生日只差不到一個星期。

「欸，千尋啊。」

小春趴在吧檯上抬起頭。這是已經醉得很厲害的證據。

「幹嘛？」

「我想要男朋友。」

「去找就好了。」

「我想結婚。」

「就去結啊。」

「還有……我想吐了。」

「趕快給我去廁所！都三十歲了，又不是大學生。」

「我可是二十九歲又二十三個月喔。」

「聽到別人這麼說的時候，真是打從心底覺得很火大。」

搖搖晃晃站起身的小春，步履蹣跚地前往廁所。雖然步伐看起來很危險，不過千尋卻不想去幫忙。開什麼玩笑？都三十歲了，至少要能照料喝醉酒的自己。即使是小春也一樣。

「唉……」

獨自一人留在吧檯的千尋大大嘆了口氣。

「我想要幸福。」

然後無意地如此喃喃自語。

5

即使到了晚上十點，都會的街道也完全沒有要休息的樣子。

外資的大型飯店周圍，被聖誕節的燈飾點綴得色彩繽紛，辦公大樓也散發出明亮的燈光。

在這樣與高中生不相稱的街道上，神田空太一邊冒著雪，一邊專注地尋找鞋子而走來走去。

腳步之所以隨著時間流逝而逐漸變得沉重，是因為正背著巨大的貨物。而這貨物的真面目，就是住在櫻花莊202號室的……椎名真白。

剛開始的幾分鐘，空太還因為背上感受到真白的觸感，微微覺得興奮，然而到了現在，卻已經完全無暇去細細品嘗這幸福。真的很重，只感覺到沉重。

現在正在搜尋的鞋子也是真白的，似乎是從尾牙跑出來的時候，不知道掉到哪去了。當空太找到行蹤不明的真白時，她已經是打著赤腳。

到底要怎麼做，才能把穿著的鞋子弄丟呢？這雖然是本世紀最大的謎團，但因為弄丟的當事人是缺乏一般常識的生活白痴真白，所以空太決定不去深入思考。只是，他還是在內心吐槽了一下：「哪裡來的灰姑娘啊！」

總之要找出鞋子。這是當務之急。

從開始尋找到現在已經過了三十分鐘，依然沒有收穫。不僅是因為範圍太廣，真白曖昧的證詞也是個障礙。

「那個，真白，妳真的是掉在這附近嗎？」

在旁邊出聲的，是同樣住在櫻花莊的青山七海。今年夏天搬到２０３號室，是空太的同班同學。今天空太就是接受七海的邀約，一起去觀賞舞台劇。

原本預定在這之後還要去吃晚餐的，卻因為接到真白的責任編輯聯絡，說真白不見了，所以沒有閒暇這麼做。

也因為這樣，肚子餓了。

還發出咕嚕的聲音。不過，聲音的源頭並不是空太。

「不、不是我喔。」

七海慌慌張張地解釋。

「是我。」

聲音是從空太的背上……真白所發出來的。

「妳不是已經在尾牙的派對會場上，美食佳餚吃飽飽了嗎！」

「沒有吃得很飽。」

「這、這樣啊。」

該不會是因為在意空太，所以食不下嚥吧。畢竟她還特地從會場跑出來……

「是八分飽。」

「明明就有吃！」

「神田同學……那麼大聲說話，會更餓喔。」

「說的也是……」

正如七海所說的，這次是空太的肚子叫了。

「真白，我再問一次，真的是掉在這附近嗎？」

七海再次確認。

「也許是那邊。」

真白從肩膀上伸出來的手，指向斜前方的飯店。那是舉辦真白參加的出版社尾牙的飯店。

一行人一邊留意腳邊，一邊慢慢往飯店方向前進。即使來到建築物的正面，也沒找到鞋子。

「沒有喔，椎名。」

「也許是那邊。」

稍微思考了一下，真白再度提出指示。

照她所說的，這次將舵向左轉。華麗的辦公大樓聳立在面前。

在寬廣的步道上走了約五十公尺，但是也沒看到鞋子。

「也許是這邊。」

在十字路口，真白指向噴水池所在的廣場方向——剛剛就是在那裡找到下落不明的真白。

雖然已經差不多疲累得想抱怨了，但還是強忍著把腳跨了出去。輕巧的七海還特地幫忙找了樹叢後面，以及護欄的另一邊。

即使如此，還是沒找到鞋子。

一行人站在噴水池前。

「空太。」

「幹嘛啊？」

「到底在哪裡？」

「是我在問妳！」

「神田同學……要不要放棄就回家了？」

七海的視線朝向地下鐵的入口。一臉似乎想說「你看，車站就在那裡了……」的表情。

「你看，車站就在那裡了……」

還真的這麼說了。

「青山妳是叫我就這樣背著椎名去搭電車嗎？」

「反正在這三十分鐘裡，已經被那麼多行人看到了，我想應該沒什麼好丟臉的了吧。」

「怎麼可能不會！在無處可逃的電車裡，別人的視線可是超刺痛的！」

「我不在意。」

插嘴的人是真白。

「我會在意啦！」

「為什麼？」

真白一臉無趣地探出身子，把下巴放在空太的肩上。多虧她，就連吐氣都會吹到耳朵，感覺搔癢。

「又累又重，而且最重要的是很丟臉吧！」

「我不覺得丟臉啊。」

「就說是我會覺得丟臉！」

「空太。」

「又有什麼事！」

「我累到睏了。」

「這是請人家幫忙找鞋子，而且還讓別人背著的人該說的話嗎！」

「到櫻花莊再叫我起來。」

「妳有沒有在聽人家講話啊！」

「可是我睏了耶？」

真白在耳邊打了呵欠。

「等一下、等一下，不准睡！怎麼可以睡！我現在在幹嘛？是的，我正在找妳的鞋子！」

「可是……」

「有什麼好可是的？」

「想找鞋子的人是空太，又不是我。」

「好～～在這種情況下，我應該可以大發雷霆吧。」

「不行。」

「這不是由妳決定的！」

空太突然感覺到視線而轉過頭去，看到七海一臉受不了的樣子。

「真是太好了呢，神田同學。」

「可是我覺得現在自己在任何部分都一點也不好耶？」

「你們兩個已經完全像以前一樣和好了呢。」

七海這麼說完，自己一個人先朝車站的方向走去。

「啊、喂，青山！」

空太稍微煩惱了一下之後追上七海，並排走在她旁邊。已經放棄鞋子了。

步伐很沉重，一直背著果然很重。不過，是啊，就像七海所說的，也有好的一面。因為在這大約一個月的時間，與真白處於冷戰狀態，沒辦法好好溝通。正當空太這麼想著的時候，背上傳來安穩的睡眠呼吸聲。

「果然還是一點都不好！不准睡，椎名！至少要給我醒著！」

「因為空太的背太溫暖了。」

「是我害的嗎！」

「呼……」

「不要用睡覺的呼吸聲來回應！」

實在是已經累了。光是在真白缺乏常識這點爭執，也只是浪費時間。

「呼……」

而且，她還真的已經睡著了。

「唉……」

嘆著氣的空太身邊，停下腳步的七海仰望著飄雪的天空。緊繃著表情，像是在想事情。

「青山？」

「上井草學姊，沒問題吧。」

「喔，這件事啊。」

美咲悲嘆著自己的情感無法傳達給仁，不論任何言語、態度，全都被當作笑話帶過……

實際上，美咲至今已經告白過許多次了。把仁叫到頂樓，或者在鞋櫃裡放情書。

即使如此，還是覺得沒有把情感傳達給仁。

所以，美咲說要在這個聖誕夜裡使出最後的手段。為此，空太與七海提供協助，讓美咲與仁在櫻花莊裡獨處。

剩下的就是兩個人的問題了。

空太所能做的，就是祈禱兩人順利，還有就是繞到別處，盡可能晚點回家。

要直接回家，時間還太早。

這麼一來，出現一個重大的問題。

「……我還要背著椎名到什麼時候？」

6

櫻花莊的１０３號室。

躺在自己房間床上的仁，只抬起頭來看了時鐘。

現在是晚上十點十分。

也差不多該是出門約會的空太與七海，帶著參加出版社尾牙的真白回來的時候了。

因為預定要在十點開始櫻花莊的聖誕派對。

但是，完全沒有三個人回來的跡象。就連聯絡也沒有。

而另外兩個人……千石千尋與赤坂龍之介也一樣，不知道去哪裡之後就沒再回來了。

「算了，反正我早就知道了。」

剛開始聽到聖誕派對時，就覺得空太怪怪的，像在打什麼鬼主意。而這幾天還不斷叮嚀提醒，態度明顯不太正常。

「不過倒是比擅長扯謊的男人要好。」

想起已經認識一年半的學弟的臉，仁笑了。

就在他想事情的同時，時間已經過了十點半。

當然，空太等人還是沒回來。

不過，這樣也無所謂。反正也不是一開始就在等他們三個人回來。況且，這樣對仁而言反而方便。

現在在櫻花莊裡的就只有仁與青梅竹馬美咲，這麼一來就可以好好談談了。因此，即使仁已經察覺，卻還是配合空太等人的詭計。

美咲從剛才就去洗澡了。

等她出來之後再告訴她重要的事吧。像是打算報考大阪的藝術大學；還有考上之後要自己一個人去大阪；想花四年的時間自己專心學習寫劇本。另外，也要直率地說出對美咲的感情……

仁在腦海裡整理之後，響起了敲門聲。

他奮力地順勢起身。

「怎麼了？」

敲門的對象除了美咲之外不會有別人。

不過，就算出聲叫她也沒回應。平常總是擅自開門進來。

仁覺得奇怪，往門口移動，然後打開門。

這時，他的心臟猛然跳動。因肌膚的白皙而感到目眩。

微微低著頭的美咲就站在眼前。剛洗完澡，頭髮還濕淋淋的，僅圍著一條浴巾、毫無防備的姿態……

「笨蛋，妳……」

「妳在做什麼」才講到一半，就被打斷了。

因為美咲衝進自己懷中。

遭受連續的意外攻擊而失去冷靜的仁，沒能接住美咲的身體，被推倒在地板上。

反射性想支撐美咲的雙手，環抱住因汗水而濕潤的後背與腰身。被緊抱住的時候，浴巾從美咲的身上滑落。

吸附般的肌膚觸感，由雙臂直接侵蝕仁的身體。相疊的胸前感受到飽滿的彈力，腳也彼此交纏在一起。

確實的存在感，美咲就在這裡。兩人身體交疊著，伴隨著無法忽視的重量實感。這也難怪，因為有一個人就在自己身上。活生生的體溫，隔著一件長袖T恤傳了過來。慢慢地滲入……擾亂內心。

體內的血液因此瞬間沸騰，感覺連腦袋都要冒出蒸氣了。眼前逐漸染紅，視野閃爍刺眼。

「……」

「……」

接著，沉默又壓迫著內心。

驚覺不妙的仁開口了。

「笨蛋，妳在做什麼！」

好不容易擠出剛才沒說出口的話。

如果不說話，會無法保持理性。

「妳的玩笑開得太過分了喔，美咲。」

「我是認真的。」

依然把臉埋在仁胸前的美咲，磨蹭著額頭。

「還說什麼認真，妳知道自己在做什麼嗎？」

「我知道。」

「妳沒搞清楚吧。」

美咲沉穩的聲音，融入寂靜之中。

「我很清楚！」

這次則是直接的情感完全擴散在房裡。

「妳……」

抬起臉的美咲看著仰躺的仁。纖長的睫毛不斷顫動著。

「我想跟仁成為這樣的關係。」

「妳在說什麼……」

「我喜歡仁……只喜歡仁。」

「……」

美咲以認真的神情凝視著仁。

「我只能對仁做這種事。」

「……」

仁無法將目光從她閃亮純粹的雙眸移開。

「這種事，如果是開玩笑怎麼可能做得出來！」

「……美咲。」

仁無法像平常那樣閃避開來。只能說出來了，只能在這時候說出來了。

「所以……」

「美咲，我……」

「……」

「我喜歡妳。」

「仁？」

大概是難以置信，美咲的聲音有些發愣。

「跟妳一樣，我也只喜歡妳。」

「真的？真的嗎？」

「是啊。」

原本愁眉苦臉的美咲臉上，露出一絲光芒。

「那麼，我……」

「但是，不行。」

「為什麼？」

「要是現在碰了妳，一定會狠狠地侵犯妳的。」

「沒關係，如果是仁的話。」

「怎麼可能沒關係？」

「我說沒關係！」

「當然不行吧。」

「為什麼！」

「……等我四年。」

「我不懂……我搞不懂仁。」

「……」

「明明喜歡，為什麼不行呢！」

即使如此，還是有些事情不行。

「我也有話一定要告訴妳。」

「什麼？」

「水高畢業之後，我打算去念大阪的大學。」

美咲凝視著仁，目光毫不閃避地聽完這句話。

「我要一個人，在四年當中專心學習寫劇本。」

「這我已經知道了。」

「這樣啊。」

仁對於美咲的回應一點也不覺得驚訝。因為之前就認為說不定她已經知道了。房裡隨意放著考試用的參考書，而且也對空太、皓皓與總一郎說過了。千尋也已經知情，父母親也是。美咲的姊姊風香也都一清二楚。

「因為文化祭的時候，我已經聽到仁跟風香的談話了。」

「這樣啊。」

「不過，那根本就無所謂。我可以每天搭新幹線去見你。」

「不是這樣。不是這樣的。我所謂要去念大阪的大學，不是那樣的意思。」

仁深呼吸讓心情、聲音都冷靜下來。

「哪裡不一樣？跟我所說的有什麼不一樣？完全搞不懂仁在講什麼！」

「……」

相對於仁，美咲的感情越發激動。

「我喜歡仁。」

「我知道。」

「不對，仁根本就不知道！我的喜歡，是這世界上唯一的喜歡！交往、約會、接吻……我想變成男女朋友的關係！」

「……」

「跟仁的喜歡不一樣嗎？」

「雖然一樣，但是現在是不同的。」

「……」

仁把手輕輕放在美咲頭上。

「現在的我沒辦法好好珍惜妳。」

「就算這樣也無所謂。」

美咲的聲音聽來就快要哭了。

「怎麼可能無所謂？」

仁拚了命壓抑在心中混亂打漩的黑色污濁情感。

——無論什麼形式都無所謂，想要征服美咲。

為了要讓如此叫喊的惡魔沉睡下去……

「這種事情，怎麼可能會無所謂……」

仁緊咬牙根，拒絕甜美的誘惑與邪惡的欲望。

接著，他慢慢輕撫美咲的頭。

美咲緊緊抱著仁。

「那麼，我到底該怎麼做才好……」

「妳什麼也不用做。」

「怎麼可能……」

胸口感覺一陣冰涼。美咲冰冷的淚水落了下來。

「妳……就保持現在的樣子就好。」

「可是，我搞不懂仁！」

「就算這樣，美咲還是保持這樣就好了。」

「我完全不懂。不管是仁的事，還是仁講的話。」

「雖然應該會花不少時間……不過我一定會追上妳的。」

「請解釋得讓我聽得懂！為什麼？我哪裡不對？告訴我，我會改的！我也會跟著改變的！」

感情刺痛著內心深處。

「……」

但是，仁所能說的很少。

「仁！」

這聲音被淚水沾濕，在喉嚨深處岔開來。

濕潤的眼眸凝視著仁。

仁靜靜地說了最後一句話：

「妳保持這樣就好了。就維持這個樣子，維持我喜歡的美咲的樣子……」

「這樣太奇怪了……！」

悲嘆的聲音表達出美咲的絕望，手臂的力氣也逐漸退去。

「太奇怪了……」

撿起地板上的浴巾，仁與美咲一同起身。仁為她在浴後又冷卻了的身上披上浴巾。

「妳再去洗個澡吧。」

仁推著始終不肯動的美咲的背，把她帶到浴室去，有些強迫地把她推了進去。

過了一會兒，傳出激烈的淋浴聲音。仁察覺到其中還混雜了美咲的嗚咽聲。

美咲在哭泣，發出聲音哭泣著。但是，仁沒有資格拭去她的淚水。

仁沒有回到房間，腳步移往玄關。

走到外面去。

因為外面寒冷的空氣，身體打了個冷顫。

外面正下著雪。

深深地把這世界染白。

仁一步又一步前進，地面上便留下腳印。

然而，當仁察覺到這件事的時候，已經是離開櫻花莊超過十分鐘以後的事了。

「啊，下雪了……」

插在口袋裡的手，無意識地緊握著沒能送出去的戒指。

住了就是好地方的櫻花莊？

1

「今天要來打掃房間囉。」

一月最後的星期天。住在櫻花莊１０１號室的神田空太，吃完中餐大阪燒後，回到自己房裡便如此宣言。

從門口一眼望去的室內實在很凌亂。地板上散亂的教科書、講義，還有漫畫，以及恣意丟得一地的遊戲軟體盒子跟雜誌。雖然一直假裝沒注意到，不過也已經達到極限了。

年末年初時因為回福岡老家，所以沒有大掃除，寒假結束回到櫻花莊時，也因為第三學期開始，沒有時間好好仔細打掃。

空太忍耐著外面的寒冷空氣，為了讓空氣流通而把窗戶全部打開。

窩在床鋪角落互相推擠的七隻貓咪，立刻一起發出不滿的叫聲。

不過，也不能接受貓咪們關上窗戶的要求。

「好了，我要打掃了，你們離開房間吧。」

貓咪們也不是被這麼說就會乖乖順從的角色。白貓小光、黑貓希望、花貓木靈……空太一隻隻地拎起來，把七隻貓趕到走廊上。

「這樣就好了。」

已經沒有妨礙者了。

不，還有另一隻大貓在。

在房間正中央一帶。輕坐在座墊上一臉毫不在意的表情，認真地讀著少女漫畫的少女，是住在202號室的天才畫家椎名真白。從去年十一月起，開始有了月刊誌的連載，也多了個職業漫畫家的頭銜。

「空太。」

真白目不轉睛地看著漫畫說道。

「幹嘛啊？」

「很冷。」

「因為窗戶是開著的啊。」

「可是現在明明是冬天？」

「我在打掃！正在讓空氣流通！懂了嗎？」

「可是現在明明是冬天？」

「打掃是不分季節的！話說，會冷的話就回妳自己的房間去。」

「空太也會過來嗎？」

「我要打掃啦！」

「那麼，我就不回去。」

再度專注在漫畫上的真白，乾脆地無視空太的提議。畢竟與七隻貓不同，沒辦法把她拎起來再帶到房間外面去。

雖然稍微會妨礙打掃，不過空太決定就把她當作房裡的東西。

首先整理凌亂的地板。教科書歸教科書，講義歸講義，這樣整理成束。雜誌則區分為還要的與要丟棄的，不知道哪裡來的商店街宣傳單則揉成團丟到垃圾桶。三個月前的特賣資訊，現在已經不需要了。

從堆積如山的舊電玩雜誌裡，掉出了第一學期的期末考試卷。數學，六十七分。不好也不壞的普通成績。這也揉一揉丟到垃圾桶裡去。

電玩軟體的盒子直立排放在電視旁。確認一下內容，其中有不少盒內是放著其他遊戲的軟體。花了不少時間把內容物正確調換好。即使如此，大約三十分鐘後，地板上已經先整理好了。

「空太。」

「嗯？」

空太被呼喚名字便轉過頭去，看到出聲叫喚自己的真白手上拿著像是紙片的東西。

「這個是？」

真白說著遞出來的並非紙片，而是張照片。似乎是夾在書與書之間，被抽出來的。

「啊。」

一看到這張照片，空太張著嘴呆住了。體內竄出懷念的感覺，逐漸轉變為溫暖的心情。

在櫻花莊玄關前的合照。

那是空太第一次來到這裡時所拍的照片。

2

自出生以來第一次被叫到校長室，明明同樣是在學校裡，與平常所使用的教室氣氛截然不同。有些嚴肅而拘謹的感覺，空氣也涼颼颼的，並不是因為開著空調的關係……

而且，每一個聲音聽起來都格外清晰。就連自己說「打擾了」的聲音也是。還有關上門的聲音，放學後運動場上響起的社團喊叫聲，棒球社與足球社不相上下。校長說著「嗯」的微小聲音也是……全都在不算狹小的校長室各個角落擴散開來，被天花板或牆壁吸收進去。

房間兩側的牆邊並列高聳的木製櫃，裝飾著獎杯以及裱框的獎狀。

幾乎沒有運動社團的東西，盡是音樂、美術這些藝術類的比賽所獲得的獎項。

這也難怪，因為被稱為水高的這間學校正式名稱，正是水明藝術大學附屬高等學校。是擁有音樂、美術、影像、文藝、戲劇、傳播等學系學科的綜合藝術大學的附屬高校。這個高中部除了普通科之外，還有兩個屬於藝術部門的音樂科與美術科。

在這種學校的校長室正中央，隸屬於普通科一年級的空太正雙腿併攏站著。帶著緊張的表情，與坐在入口正對面裏側座位上的鬍子校長面對面。

現在是接近暑假的七月中旬。已經習慣了學校生活，也已經穿慣水高的制服，但對於校長室的氣氛依然沒有主場優勢。

「你就是神田空太同學嗎？」

「是、是的。」

空太以變調的聲音回應。

「你知道自己被叫來這裡的原因嗎？」

以全國平均來看，究竟一年內會有多少學生被叫到校長室呢？總覺得應該不到百分之一吧。

所以會被叫到這種地方，當然有個相當的理由。

而如果有了這樣相當的理由，當事人心裡也會有個底。

「是的，大概知道。」

錯不了，原因一定是一個月前撿來的貓。那是隻白色的小貓，空太為牠取名為小光。不過，空太所住的是學生之間稱為「一般宿舍」、極為平凡的學生宿舍，且非常遺憾，禁止飼養寵物。

「是、是因為貓的事吧？」

「你知道的話，事情就好辦了。」

「那麼……我會被怎麼處置？」

「神田同學，你知道櫻花莊嗎？」

「是的，當然知道。」

「當然嗎？身為這個學校的校長，這倒不是很令人高興的知名度。」

「說、說的也是……」

櫻花莊。

那是除了一般宿舍以外，另一個學生宿舍的名字。

只有被選上的人才能夠入住的特別場所。

只是，被選上一點也不讓人開心。

原因是櫻花莊是把在學校或宿舍生活產生問題的學生們聚集起來的更生場所，簡單來說就是問題學生的巢穴。

——住在櫻花莊的學生等同於不正常。

在學校裡被如此認知。要是被貼上這樣突出的標籤，就沒辦法過正常的校園生活；去那裡就完了；無法恢復平穩的生活；不能跟櫻花莊扯上關係——在學校裡充滿了這樣的傳聞。

之所以特地將「一般宿舍」稱為「一般宿舍」，也完全是因為有個「特別」的櫻花莊存在。

在學校相關人員之間，去櫻花莊甚至被稱為「流放」。

就在這個不知道會不會被流放的緊要關頭，空太正站在這裡。

「你選擇吧，看是要丟掉貓或搬出宿舍。」

校長摸著鬍子。

空太漠然看著校長的舉動，立刻如此回答：

「那麼，我搬出宿舍。」

校長有些驚訝地張大了眼睛。

「你不會後悔嗎？」

「不會。」

列舉出來的另一個選項，對空太而言等於沒有。與其要因為自己的狀況而把撿來的貓再度丟棄，還不如一開始就假裝沒看見。就是因為沒辦法這麼做，所以空太才會撿回棄貓，打算幫忙尋找飼主，而在禁止飼養寵物的宿舍與貓一起生活。

「是嗎？那麼，就這樣決定了。」

「……」

「神田空太同學。」

「是、是的。」

「今後櫻花莊就是你住的地方。」

「我、我知道了。」

聽完空太的話，校長在手邊的書面文卷上用力地蓋了章。

這就是空太確定被流放到櫻花莊的瞬間。

櫻花莊位於緩坡的坡頂上。

「這、這裡就是櫻花莊嗎……」

空太皺起眉頭，一臉嚴肅的表情直盯著櫻花莊。

沐浴在夕陽下，被染得通紅的破爛公寓式建築物。木造的兩層建築，舊瓦的屋頂，門外所掛著的門牌已經黯淡模糊，「櫻花莊」的字樣幾乎無法判讀。

「這、這還真是比想像中的破爛三倍啊……」

這是空太一開始的感想。

「那個校長也真是的。普通會在一天內就把人趕出一般宿舍嗎……」

不愧是流放，沒有緩刑的執行判決。這是對不守秩序的學生所做的殺雞儆猴嗎？

離開校長室的空太，先是回到一般宿舍，本想悠哉地規劃搬家的事，沒想到卻沒得到這樣的時間，依照等著自己的宿舍舍監所說，只收拾了最基本的換洗衣服與教科書。完成之後，空太被指示要立刻到櫻花莊去，便帶著白貓小光爽快地被趕出了一般宿舍。

因此空太也沒辦法，來到了櫻花莊前。

剩下的行李只能改天再一點一點搬了。

「唉～～」

忍不住嘆了口氣。

被校長詢問會不會後悔的時候，明明那麼果決地回答「不會」，沒想到決心就這麼喀啦作響地動搖了起來。

雖說是為了保護貓，但或許也太固執了點。

「不管怎麼看都還是很破爛啊。跟一般宿舍真是南轅北轍……」

從四月起就一直居住的一般宿舍，是外觀塗白的鋼筋水泥建築，雖然應該有十年歷史，但外觀依然很新且漂亮。

屋頂顏色不同的男宿舍與女宿舍並排，每次回家時都會覺得很像雙胞胎。這樣的感覺，現在甚至開始懷念了起來。

要說不滿也只有一個。就是一般宿舍位於從高校的後門出來後，繞過水明藝術大學的廣大校地約半圈的地方，快走需要十五分左右，普通的步伐需要二十分鐘，算是有點距離。因此住在一般宿舍的學生，大約有一半都是騎腳踏車上下課，與空太住同間房間的同級生宮原大地，也是以腳踏車通勤。空太快遲到的時候，經常都是搭他的便車上學。

不過，現在也不得不跟這樣的生活說再見了。

因為從今天起，櫻花莊才是空太住的地方。

之後再好好向同房的大地說明吧。他結束社團活動回去時，一定會因空太不在而大吃一驚。

懷裡的小光「喵〜〜」的叫著，似乎在為自己擔心。

「沒、沒問題的。又不是在畢業前都得住在櫻花莊不可。只要找到疼愛你的飼主，我馬上就會回一般宿舍。」

空太摸摸小光的頭，牠便很舒服似地閉上眼睛。

接著，空太深呼吸。

「雖說是問題學生的巢穴，總不可能是住了外星人或怪物吧。既然同樣都是高中生，就沒必要害怕。」

空太如此說給自己聽，下定了決心。

「好。」

他穿過門扉，踏入櫻花莊的土地。

距離玄關有五、六公尺。踩在被碎石子包圍的踏腳石上前進，站在有舊日本風味的拉門前。

按下門旁的門鈴。

「……」

沒有回應。

或者該說，裡面彷彿完全沒有人的氣息。

「有人在嗎～～」

試著輕敲門。

「……」

不過，還是沒有回應。

那麼，該怎麼辦呢？要等其他人回來嗎？話雖如此，等待著不知道幾點才會回來、真面目又不詳的對象，也讓人覺得很難過。

空太戰戰兢兢地把手伸向門，總之先試著打開看看。

結果，門輕輕地開了。

「真是不小心啊……」

要是有小偷進來了該怎麼辦？不，對於這麼破爛的學生宿舍，小偷應該也不想闖空門吧。話說，要是在玄關前絮絮叨叨個沒完，空太可能會被附近的鄰居誤以為是小偷。

「打擾了。」

空太做好心理準備，一腳踏入玄關。

手在背後關上門。

散發著老舊房屋特有的奇特氣味。沒有不舒服的感覺，讓人覺得有些懷念。就像是去爺爺家玩時的感覺，雖然老舊卻不髒亂，這讓空太鬆了一口氣。

「不好意思～～有人在家嗎？」

依然沒有回應。

空太無可奈何，脫了鞋子，踏上玄關。

離開一般宿舍的時候，稍微問過舍監櫻花莊的房間號碼。是１０１號室。

進入玄關後的左手邊，看到寫著管理人的門。曾聽說櫻花莊裡有位負責監督的老師住在一起，那裡大概就是老師的房間吧。應該是負責美術的千石千尋老師。

也是在問題學生的巢穴中，空太唯一寄予希望的人。

她在學校感覺是一位態度嚴肅、工作能幹的成熟女性，一定能幫助空太。

管理人室再往裡面過去，可以看到像是共用的食堂，或者該說是飯廳。

正面有往二樓的階梯。二樓是女生宿舍，應該是男性止步。

看來空太的房間應該在右側。

踩著鋪木板的地板前進，發出了討厭的吱嘎聲。空太一邊心想地板該不會突然就穿破了吧，一邊以慎重的腳步尋找自己的房間。

話雖如此，倒是馬上就找到了。

一進玄關的右手邊……最前面的第一間房門掛著１０１號室的牌子。

「就是這裡嗎？」

轉動門把。果然沒上鎖。

空太緩緩地打開門，首先從縫隙中窺視裡面的樣子。

「……」

理所當然，裡面沒有人。

他大大地吐了口氣，把門整個打開，走進房裡。

大約三坪大小，地板算是鋪地毯的西式房間。不過，看到天花板的木板紋理，倒也給人和洋混雜的不可思議印象。

在這空間裡，只孤伶伶地擺著床鋪與書桌。

「還蠻寬敞的嘛……」

也許是因為四月起住的一般宿舍是兩人一間，還有就是完全還沒放東西的關係。連角落都仔細打掃過了，完全沒有灰塵。因為是空房間，所以空太感到有些意外。與自己想像的櫻花莊有很大的落差。

說不定這裡意外是個不錯的地方。況且，俗語說「住了就是好地方」。

空太呆站著觀察房間好一陣子，因為閒得無聊，便在床上坐下來。

與走廊的地板相同，發出了危險的嘎吱聲。

小光跳到空太大腿上仰望他的臉。

空太摸摸牠的頭，再度環顧房間一遍。

「好安靜啊。」

雖然房屋有震動的感覺，卻完全沒有人的氣息。

目前看起來是普通的老房子。

這樣的話，說不定也能在櫻花莊住下去。

空太這麼想著，突然整個人放鬆，仰躺在床上。

「還以為是什麼可怕的地方，根本就還好嘛。」

他維持仰躺的姿勢伸懶腰。這時，在上下顛倒的視野裡，有個該說是壁櫥或衣櫃……左右雙門的收納空間，吸引了空太的目光。

「嘿。」

他發出聲音一躍起身，站到收納空間的門前。雖然並不是特別有興趣，但眼前有個門就會想開啟，這是人的本性。

空太以輕鬆的心情，雙手打開了左右開啟的門。

「……」

本以為該是空蕩蕩的收納空間裡，有個東西。

雙層收納空間的上層，有一具抱膝坐著的少女座敷童子。由同樣高度的視線直直看著空太。

「……」

「……」

總之，就當作什麼也沒看到，空太關上門。

「我大概是累了吧……」

一定是這樣。被流放到櫻花莊這件事，一定是比自己想像的還更侵蝕著自己的精神。因為，這種地方不可能收納了一個人。

「是我看錯了吧……」

空太戰戰兢兢，再度試著打開櫥子的門。

不過遺憾的是，狀況還是跟剛剛完全一樣。

「哇啊啊！有東西在這裡！」

「小偷！」

彷彿要與發出驚叫聲的空太對抗，座敷童子也尖叫了起來。

「哇啊啊啊啊啊！」

面對突然的叫聲，空太慌張地離開，逃到房間外面。因為受到驚嚇，心臟撲通撲通跳個不停。他來到玄關前，再度回頭看。

然而不知道為什麼，剛才的座敷童子正全力衝刺追了上來。

「不會吧！」

「小偷！」

「不、不是！我、我是一年級的……」

空太正要說明的時候，結實地吃了一記完全不剎車的座敷童子撞擊。

「咕啊！」

來不及採取防備動作就被壓倒在地的空太，被當成了墊背。

「投降了嗎？小偷老弟！」

「不，我都說不是了！」

這時兩人視線再度對上了。

水汪汪的大眼俯看著空太。仔細一看，對方身穿水高的制服。也就是說，座敷童子的真面目，其實是同校的女學生。看起來很柔軟的雙唇嘛了起來，微微鼓脹臉頰的表情，實在是很可愛。這個女孩子擁有光是在這裡，彷彿就能照亮周圍的健康存在感。空太忘了要解釋，忍不住看得入迷。長得好可愛。非常可愛。真的好可愛。

如此意識到的瞬間，空太的心臟微微地跳了起來。

再加上女學生的身材曼妙，胸前膨脹的曲線到了腰部變得纖細，往臀部方向則又膨了起來。

即使是對學長姊不太熟悉的空太，也知道跨坐在自己肚子上的女學生是誰。水高最有名的人，大概全校的學生都認識她。

美術科二年級。

名字叫上井草美咲。

之所以有名，是因為她有許多引人注目的奇異行為。傳聞接二連三不斷，其中像是明明是十年難得一見的擁有獲得藝術科獎學金資格的人，卻僅一個月就被撤掉這個權利……在運動場用石灰畫線筒在地面作畫……不過，這行為在空太這一屆的學生入學時，實際上真的做過就是了……其他還有像是光用言語就讓要她注意素行的級任導師一蹶不振，以及被目擊穿著熊的布偶裝來上學。除此之外，再加上一些無法判定真偽的傳言，美咲擁有數也數不清的逸聞。

這位學校最有名的人——上井草美咲就在眼前。第一次這麼近距離看她，雖然也聽過她長得很可愛的評價，不過近看更覺得可愛。只是，空太也曾聽過不能被她的外表給騙了的傳聞。

「你是誰！」

美咲充滿活力地丟出疑問。

「啊，我是、那個、一年級的……」

好不容易有了解釋的機會，卻沒辦法流暢地說出話來。

這也難怪，這姿勢實在無法保持冷靜。在學校被評價為美少女的學姊，正坐在自己肚子上。柔軟的臀部觸感以及偏高的體溫，擾亂著空太的腦袋。雖然看不到裙底風光，但美咲的臀部與空太的肚子之間，只存在著內褲與制服襯衫這樣輕薄的布料。

從沒跟女孩子牽過手的空太，腦袋很乾脆地面臨處理能力的極限，噴出蒸氣短路了。

他滿臉通紅地僵住了。

「咦？怎麼了，小偷老弟？」

「……」

「喂～～」

美咲的手指毫不留情地戳著空太的臉頰。

「啊！」

空太好不容易再度啟動。

「我、我才不是小偷！」

「那麼，是小賊老弟囉！」

「為什麼等級還下降了！」

「懲罰！」

額頭就要遭受美咲的手刀攻擊。空太好不容易空手接白刃擋了下來，不過又立刻因為對美咲的體溫產生反應，便把手放開。也因為這樣，空太吃了一記手刀……

「好痛！」

「認輸了吧！」

「不、不是啦！我是從今天起要在這裡承蒙各位照顧的一年級生神田空太！」

緊密接觸部位的觸感，讓腦袋又快熱到短路了。即使如此，空太還是努力辯解。

「每個小偷都是這麼說的～～！」

「才、才不會這麼說吧！小偷跟我是畫上等號了嗎？」

這時，白貓小光靠了過來。「喵～～」的叫了一聲，開始舔起空太的臉。

「啊，這傢伙是小光。因為我養了貓，所以才被趕出一般宿舍。」

「喔喔，這樣啊。原來是小空太跟小小光啊！」

美咲如此說著，綻放出如向日葵般的燦爛笑容。內心受到刺激的空太忍不住心跳加速。

「……啊、咦？呃、那個……」

對於突然變友善的美咲，空太感到不知所措。

「小空太要是被問到是狗派還是貓派，應該還是會回答貓派吧？」

現在究竟是在說什麼呢？空太覺得話題跳太快，不過大概是自己多心了吧。

「是、是啊。」

空太正這麼回答的時候，被美咲打斷了。

「我可是絕對屬於熊派的！」

頭腦完全跟不上美咲。這樣高昂的情緒到底是怎麼回事？總覺得要不是彩券中了三億日圓，人是沒辦法這麼有精神的。

「小空太你有在聽嗎！」

「總、總之，請不要用那個綽號稱呼我。那是哪來的萌角色啊？」

「我說小空蹦啊。」

「變成悠哉角色了？」

「龍葵鹼（註：與「空太」日文音近）呢？」

「有機化合物？」

這情況到底是怎麼回事呢……再說，這個叫上井草美咲的人物……為什麼會在空太的房裡呢？而且還是在櫥櫃裡……太多謎團了。

這麼說來，空太想起了傳聞的續集。上井草美咲很可愛，不過，不只是可愛而已，還非常煩人……因此，在校內私底下被稱為「可愛過頭」或「可愛得很煩人」。竟然是這麼回事。

傳聞非但沒被加油添醋，本尊根本還在傳聞之上。

「空喵到底有什麼好不開心的！好交情之間的綽號可是基本啊！」

「我們還沒有好交情吧。還有，請至少別叫我空喵。咦？好奇怪，頭開始痛起來了呢。」

「對了，小太太。」

到底會出現多少綽號呢？

「聽說某公司的社長啊，每天的功課就是早上在附近的公園跑步。」

「……喔。」

「那個公園有很多被亂丟的空罐子，無法坐視不管的社長就決定在跑步的同時，每天撿一個空罐子。」

「這、這樣嗎？」

「不過，亂丟的空罐子數量，遠比社長所撿的數量還～要多，所以不但沒有減少的跡象，反而還逐漸增加了。」

「總覺得是很悲哀的故事呢。」

「可是，社長還是每天邊跑步邊撿空罐子！」

「……喔～～」

現在自己到底處於什麼狀況下，又要往哪裡去呢？完全看不到未來。

「結果，怎麼回事！以某個時期為分歧點，公園的空罐子漸漸變得越來越少了！當然，並不是因為社長撿拾的數量增加了喔？」

「真是不可思議啊。那麼，結局是往哪邊發展呢？」

「真相就是！看到社長行為的其他跑者受到社長感化，一個接一個也跟著撿起空罐子了！」

「喔喔，這感覺很棒！」

「只是一個人的行為，影響了許多使用公園的人們，終於讓空罐子消失在公園裡了！可喜可賀，可喜可賀。」

「那麼，上井草學姊到底是想說什麼呢？」

「人類是不能放棄的！雖然有丟棄空罐子的人！」

「我不是說這個，我只是想問為什麼會突然說起這麼棒的故事……」

「沒有理由！」

「……竟、竟然有這種事？」

跟不上遠遠超越理解範圍的美咲，空太的腦袋再度短路。

「咦？怎麼了？」

「……」

「喂～～」

美咲拍打空太的臉頰，空太又恢復過來。

櫻花莊是問題學生的巢穴。不過，空太一直以為不管怎麼說，住在裡面的至少同樣都是人類。他本以為是如此……

「竟然存在著外星人！」

「哪裡！」

「就是這裡！」

「空仔真是有趣的孩子啊。」

「……學姊沒有資格這麼說。應該說，學姊也該適可而止了！」

現在依然是空太被當成墊背的狀態。

緊密接觸的臀部與腹部的熱度擴散到全身，濕淋淋地冒著汗。空太感覺頭昏得快噴鼻血了。

「怎麼了？阿空！你怎麼滿臉通紅啊！」

美咲伸出雙手，緊緊抓住空太的臉。

「等一下，學姊，放開我，快走開！」

雖然空太手忙腳亂地抵抗，但美咲還是不肯放開。

「不用跟我客氣。」

「我現在有在客氣什麼嗎！誰來救救我！已經瀕臨心靈崩壞邊緣了！」

空太的祈禱大概是傳到天上了吧，這時傳來喀啦喀啦的聲音，玄關的門被打開了。

空太把目光朝向玄關，一位穿著套裝的女性回來了。

這時，救世主登場了。

是負責在櫻花莊監督學生的教師千石千尋。

不過，是怎麼回事呢？與在學校看到時的印象有些不太一樣。她看著躺在地上被當成墊背的空太，眼神簡直就像在看蟲子一樣。

不，這種事是不可能發生在這位千尋老師身上的。

「老、老師，救救我！」

「啊，你是誰啊？」

連說話的方式都跟印象中不同。

「喂，上井草同學，妳在幹什麼啊？」

本以為她會以如此凜然的態度糾正美咲。

沒想到，竟然是問「你是誰啊」……

「我、我是從今天起要承蒙各位照顧的一年級生神田空太！」

「啊～～這麼說來，校長好像有說什麼要把一個人放在櫻花莊裡之類莫名其妙的話。」

與在學校裡的感覺不一樣，空太開始覺得應該不是自己多心了。

「應該不會莫名其妙吧！」

「啊，為什麼？」

「您的問題才讓我想問為什麼吧！」

「我等一下就要去聯誼了喔？哪有辦法一個一個去想學生的事啊？」

「您剛剛說什麼？」

「我等一下就要去聯誼了喔？哪有辦法一個一個去想學生的事啊？」

真希望是自己聽錯了。

此時，空太體會到今天第三次的凍結。他張著嘴，意識已經不知飛往哪裡去。

「……」

「……」

「等一下，你可不要休克死了。」

「還有，我話先說在前頭，男女合體是被禁止的。」

「我、我知道啦！在這之前，聯誼什麼的，請不要一字一句原原本本重播不合理的事！」

「又問我第二次的人是你吧。你腦袋沒問題嗎？」

「因為剛剛的狀況，現在我的腦袋很有問題！」

櫻花莊到底是怎麼回事？誰會想到就連監督教師都是這副德性？真是遠在預料之外，遠遠超乎想像。怎麼會這樣？

「啊～～還有，神田。」

「是、是的，什麼事？」

「你應該已經聽說了，現在櫻花莊裡除了那邊的上井草之外，還有個二年級叫做三鷹仁的男的，你們就隨意好好相處吧。要是惹了什麼事給我添麻煩，我是不會輕易饒過你的。」

「……」

無法反應。怎麼會這樣怠忽職守？

「啊～～為什麼夏天這麼熱啊？搞不懂到底是怎麼回事。」

無視於因絕望而意志消沉的空太，千尋留下嫌麻煩的發言，消失在管理人室。

空太目送她的背影，已經什麼也看不到。沒想到，最後唯一的一線希望，會這麼快就斷了……心靈都快受挫了。不，是已經稍微受挫了。腦袋也快變不正常了。

「說不定已經不行了……」

陷入絕望的心境，沒有能在這裡活下去的自信。只能希望至少另一個叫什麼名字來著的學生，可以是個正常人……

空太突然被美咲抓住衣領，用力地拉扯搖晃。

「不行喔，空兩！」

「你要更精神飽滿地狼吞虎嚥才行！不然我會不開心！」

「請不要說這麼不講理的話。我的青春，就在今天結束了……」

身體已經完全無力。

「我知道了，你是那個吧？凡事差不多就好的草食系！那可不行喔！一定要更貪婪地吃！」

「不可以小看草食性動物喔……那些傢伙啊，可是很會吃的喔。像大象會吃到無藥可救，確實地狼吞虎嚥喔。要說的話，應該是小食系吧。話說回來，我到底在說什麼啊……啊哈哈。」

「那麼，就用遊戲來一決勝負吧！」

「妳完全沒在聽別人講話啊！什麼跟什麼啊，這個連脫衣麻將都會感到驚愕的唐突發展！」

剛才明明怎麼拜託也不肯放開，現在美咲已經起身，啪噠啪噠地衝上二樓。

太自由了，簡直就是奔放。

比較起來，空太好不容易坐起汗流浹背的身體。身體好沉重。短短十分鐘左右的時間，受到嚴重的攻擊。看來必須先下手為強。無論如何，一定要脫離櫻花莊，否則會被外星人洗腦。

「只要一出現疼愛小光的飼主，我就會盡全力離開櫻花莊！」

空太如此下定決心的同時，美咲回來了。令人驚訝的是，她的雙手還抱著超薄型電視，而且是五十二吋，也能倍速播放，是對抗影像遲滯極為強力的最新款。是連動作遊戲也能順暢運作的優秀產品。

「來，你拿這個！」

「好重！」

把電視交給還在驚慌失措的空太後，美咲再度跑回二樓。接著，這次則是搬來了最新的電視遊樂器與大量的遊戲軟體。美咲就這樣用腳打開空太的房門，跑了進去。

「小小空，快一點！」

空太即使抱怨著「誰是小小空啊」，還是只能照美咲所說的去做。

電視直接放在地上，迅速接上線路，當然也接上了遊樂器。美咲打開電視與遊樂器的電源，緊接著插入遊戲軟體。

「等一下！」

「不能等！」

「為什麼是歷史模擬遊戲啊！」

「決定爭天下的最後一戰不是正適合嗎！我要用上杉喔。」

「那麼，我就用武田……不對，妳以為要花幾個小時啊！」

「就在川中島一決勝負吧！武田！」

空太按下退片鈕，取出ＲＯＭ片。

「啊，為什麼要拿出來啊！主公～～！」

美咲露出像是把果實塞滿臉頰的松鼠般的表情，不滿地抱怨。這樣的表情也很有魅力又可愛。不過，現在不是該心動的時候，對方可是外星人。空太拚命告訴自己千萬別被騙了。

空太從大量的遊戲軟體中選出３Ｄ格鬥遊戲，把ＲＯＭ片送進遊樂器裡。說到對戰，當然要選格鬥遊戲。

往隔壁看過去，美咲也已經拿著控制器。不滿的情緒不知何時已經消失了。

「呃～～如果我贏了，請稱呼我的名字喔，上井草學姊。」

「我是職業摔角手！我相信職業摔角手最強的傳說！」

完全沒在聽。美咲立刻選擇了持有強力投技的重量級角色。

相對的，空太所選的是滿臉鬍子的漁夫。這也是擁有威力超群投技的角色。舞台則是選擇了隨機選取。

取得兩勝的三回合制。

畫面切換到舞台，兩個高壯的角色便在南方小島上互瞪起來。這是空太操縱的角色的舞台。

——ROUND ONE　FIGHT！

俐落乾脆地揭開決定爭天下最後一戰的序幕。

空太一揭幕就開始動手準備，以蹲姿往前衝，閃避美咲應該是牽制用的上段出拳，就這樣直接輸入投技的指令。

「得手了！」

空太的角色黏上美咲的職業摔角手，並且將其抱起。

但卻沒有這麼順利如願。

「女兒是不會給你的！」

美咲用「投技反制」輕而易舉地閃避空太的投技。

「什麼！」

「投技對我是沒有用的喔～～！」

失去平衡的空太，立刻拉開距離、採取防禦。但是，美咲卻緊緊地跟了上來，雙手夾住空太操縱的漁夫雙腳，使出巨輪旋轉技。真是不放過任何空隙的精湛技術。

轉動的漁夫，被豪邁地丟了出去。

光是這一記，體力值就少了一半。

「好、好強！」

光是揭幕的你來我往，空太就感覺到美咲不是普通人。玩３Ｄ格鬥遊戲，實力很容易顯示在角色的動作上。錯不了，她是個高手。

不過，戰鬥才剛開始。空太對這個遊戲相當熟練，如果能發動一次大絕技，立刻就能追上。

美咲在空太的角色起身前就緊抓住機會。這方面的操作，也看得出熟練者特有的習性。

這次是起身的攻防。空太可以用中段及下段攻擊。以美咲而言，只有蹲下防禦或站著防禦二選一。不過，其實還有第三個選項，什麼也不做就起身帶入投技。在這個情況下，空太選擇了第三個選項。

戒備著起身攻擊的職業摔角手採防禦姿勢。空太以前翻接近對方腳邊，間不容髮地輸入投技指令。十字鍵斜下按兩次，同時按下防禦與出拳攻擊鍵。

這次就得手了。

「太好了！」

漁夫輕易舉起職業摔角手。不過，也只有這樣而已。職業摔角手再度華麗地使出「投技反制」，以腳著地。

「又甜又辣算是B級美食！」

「為什麼？」

接受指令輸入時間相當短暫的「投技反制」，可不是看準時機就能連發的東西。硬要說的話，偶發出現的機率較大。

「我都說過了，投技對我是沒有用的。」

美咲毫不費力地如此說著。

空太內心動搖而瞬間僵直。這對美咲而言已經足夠了。

「啊！」

美咲的大絕技再度爆發。漁夫被巨輪旋轉技抓著團團轉。

被殘酷地拋擲出去時，比賽結束。

空太的角色體力值是零；美咲的則還是滿的。

「這個，是真的嗎……怎麼可能！」

輸了。完全輸了。而且還是沒有任何可看性的心酸比賽。

不過，這個比賽要先取得兩勝。還有希望。

這時就要變更作戰計畫，以打擊來進攻。雖然美咲所使用的角色性能偏重在投技，不過空太的角色雖然外觀看來壯碩，但實際上也有許多打擊方面的優秀技能。

既然如此，一定要贏。

——ROUND TWO　FIGHT！

首先，以出手迅速的上段拳擊牽制……

「啊。」

才這麼想的時候，美咲就與上一回合空太所使出的招數一樣，以蹲姿往前衝，讓職業摔角手鑽過去。空太的上段拳擊連邊都沒擦到。

潛入懷中的職業摔角手，像要搶奪漁夫的地位般，以腦門落下技輕而易舉地抱起空太的角色，直落下地摔在地上。

隨著體力值退後一大步，空太的心也跟著碎了。

「女兒到手了！」

美咲說著意義不明的話，這聲音在空太聽來感覺好遙遠。今天第四次的機能停止。就這樣，美咲一鼓作氣解決了空太。簡直就是徹底敗北。

「……竟然會連兩場被完封。」

靈魂快從嘴裡出竅了。

「你們好像玩得很開心嘛。」

空太對於突然插進來的聲音有了反應，好不容易復活，與美咲同時把臉轉向房門口。

高眺修長的男學生靠在房門牆上。知性的眼鏡令人印象深刻，五官稍成熟。而且是個型男。

「仁！他是素蘭（註：與「空太」日文音近）喔！」

「那就一定是姓亞蓮（註：「亞蓮素蘭」為北海道民謠的吆喝聲）吧。」

「才不是！從今天起要請各位多照顧了。我是一年級的神田空太。」

「喔～～你為什麼會被流放？」

「因為這傢伙。」

空太舉起打電動時也一直窩在大腿上的小光。

「啊～～你就是上個月在校門前撿了棄貓的那個學生嗎？」

「我應該就是那個學生。呃……」

「啊啊，我叫三鷹仁。跟美咲一樣是二年級，住在１０３號室。請多指教囉。」

「請多指教，三鷹學長。」

「不用叫學長，叫我仁就可以了。」

「那麼，仁學長。」

「請多指教啦，空太。」

「好的……話雖如此，如果找到願意領養貓的人，我就會馬上搬出去。」

這點應該要明確地說清楚，自己並不打算定居在這裡。

「咦～～那樣不行啦。」

美咲拉扯空太的袖子。

「等、等一下，請不要抓著我，上井草學姊。」

仁感到奇怪地看著這樣的空太與美咲。

「有、有什麼事嗎？」

「不，只是覺得你們看起來感情真好。」

「哪、哪有啊！」

「算了，美咲也該適可而止囉。」

「那是不可能的喔，仁。我還想讓感情更～～好呢！」

「……嗯？」

這麼說來，美咲直接稱呼「仁」，而仁也直接稱呼「美咲」，而且兩人看來很親密的樣子。

該不會是不尋常的關係吧。

「話說在前頭，我跟美咲只是青梅竹馬，沒有什麼不尋常關係，所以你不用特別在意。」

「你、你為什麼會知道？」

「為什麼呢？下次，你整天用鏡子看著自己的臉就會知道了。」

被看穿了。

「這樣嗎？」

這個人與美咲或千尋不同，是個正常人。目前為止看起來是這樣……

「我換個衣服就要出門了，歡迎會可以明天再辦嗎？」

「咦？啊，要為我辦這樣的活動嗎？」

「嗯，你就不要太期待地期待吧。」

仁如此說完便離開了。

「好～～那麼，現在要開始小空太的歡迎電玩大會了！」

「哇，不、不用客氣了！」

當然，美咲不會就這樣輕易放過空太的。

3

「那個，上井草學姊……」

腦袋開始模糊不清了。

「小空蹦只有這麼點力量嗎？我真是錯看你了！」

「請不要在我都還沒講喪氣話前就罵我……」

「讓我看看你真正的樣子吧！」

眼皮沉重，眼冒金星。

沒想到竟然會接連持續了十個小時。已經跨過一天，現在是凌晨四點。快要天亮了。明天……應該說今天也要上學。

即使玩了這麼久，空太卻一次也沒贏過美咲。不只是3D格鬥遊戲，2D格鬥遊戲也一樣，其他還有FPS、TPS、解謎、棒球、高爾夫、足球等，不管玩什麼都贏不了……

現在正在用遙控器式的控制器玩桌球遊戲。手臂好痛。

「你的集中力不夠喔！」

「玩了這麼久的遊戲，這也難怪吧……」

每當打呵欠的時候，淚水都會滲入心裡。

身心都已經差不多到達極限。但是，美咲的高昂情緒卻完全沒有降下來的感覺。她究竟是以什麼樣的動力在運作呢……

簡直就是外星人，與地球的規格大大不同。

要是繼續待在櫻花莊，空太有自信一定會過勞死。不趕快逃出去就糟了。為此一定要找到願意領養白貓小光的人才行。這一個月裡，已經在校內張貼海報了，看起來容易找到卻始終找不著。不過要是不用心認真找，這可不是鬧著玩的，一定會很慘。空太沒把握能在這種環境活下去。

「我說啊，我想去洗澡了。」

今天……以日期來說已經是昨天了，不但上了體育課，還跟美咲打電動，流了滿身大汗，感覺很噁心。

「小小空，你是那種在喜歡的男孩子面前會在意汗味的少女嗎！說什麼『為什麼要離我那麼遠？』『沒、沒什麼啦。』『啊？』『反、反正不要靠過來就是了！』『什麼跟什麼啊？隨便妳吧。』之類的，可是會引起別人的誤會喔！」

「話說回來，我是男的……」

「那麼，我要去洗澡囉。」

美咲俐落地起身，快步走出房間。

「咦～～不會吧～～」

完全搞不懂她的邏輯。空太腦袋開始扭曲，自從到櫻花莊以來，就一直被耍得團團轉。

他站起身來到走廊上，浴室傳來嘩啦嘩啦的淋浴聲以及美咲的歌聲。那是大概十年前播出的保護地球不受外星侵略的機器人動畫主題曲。黑漆漆的走廊上，美咲的聲音聽得很清楚。

「櫻花莊已經被外星人統治了……」

總之，先喝個水冷靜一下吧。

空太這麼想著，準備往飯廳移動的時候，腳踝感覺到冷空氣，莫名一陣寒意。似乎是從走廊的深處傳來的。不過，為什麼呢？住在１０３號室的仁在出門之後還沒回來，不可能是冷氣就這樣開著不管，就常識來思考也不會是開著房門就出去了。

即使仔細凝神看著，熄了燈的走廊一片漆黑，看不到底端的樣子。

「總覺得，這種狀況真有點可怕呢……」

其實並不是只有一點，而是相當可怕。

趕快喝了水就離開吧。空太這麼決定，踏出去的腳在地板上發出嘎吱嘎吱的聲音。空太被自己的腳步聲嚇到，顫抖了一下。

反射性停下腳步。

結果，意想不到的事情發生了。不知為何，腳步聲仍持續著。

「是、是老師嗎？」

空太向發出聲音的飯廳叫喚著。

不過，沒有回應。

千尋出門去聯誼之後，大約十一點左右就回到櫻花莊。不知道是沒有她看得上眼的男性，還是完全不被對方搭理，空太去上廁所的時候，看到她絮絮叨叨地在飯廳大口喝著啤酒。

「那算什麼啊？完全不行，落空了。你說誰個性不好啊？真是蠢蛋。」

不過在過十二點之後，她就回到管理人室去了。現在千尋的房間燈也是關著的。仔細傾聽，裡面還傳來豪邁的打呼聲。

也就是說，千尋正在房裡狂睡。

應該是這樣，但腳步聲卻沒停下來。

相反的，還正一步步接近自己。

不是千尋，也不是仁。美咲正在洗澡……那麼，究竟是……

「不、不會吧。」

雖然櫻花莊看起來就像是會冒出什麼東西，不過，怎麼會……

空太吞下口水的瞬間，一個黑影一閃，從飯廳冒了出來。

「哇啊啊啊啊啊啊啊啊啊！」

嚇了一大跳的空太難看地手忙腳亂，緊黏在牆壁上。雖然原本想逃更遠些，但因為有牆壁擋著，沒辦法再往後退。

「有、有、有鬼……」

即使牙齒不斷打顫，視線還是朝向黑影。不想看卻還是看了。是長髮的女幽靈。

因為頭髮披下來的關係，看不到臉。不，從縫隙間可以稍微看到眼睛，兩人的視線對上了。

「哇啊啊啊啊啊啊啊啊啊啊啊啊啊啊！」

發出慘叫聲的空太已經瀕臨失神邊緣。黑影從他的身旁穿過，接著往走廊深處微微開著的102號室房門消失了。不可思議的，冷空氣的流動也在此時停止。

背後有燈開了，是管理人室。

千尋從裡面走出來。

一看到她的臉，空太發出慘叫：

「哇啊啊，無眉妖怪！」

接著腦門重重地吃了一記拳頭。

「好痛！」

「誰是無眉妖怪啊！你好像搞不清楚講話的方式啊，神田。應該要說，『千石老師就算沒化妝也很美呢』才對吧？」

「話說，真的是老師嗎？」

空太再度吃了一記拳頭。

「痛啊！」

「你想要結束人生了嗎？」

「那怎麼可能啊！」

「搞什麼啊，三更半夜發出慘叫，你是精神異常嗎？我可不想負責這種麻煩的學生。」

「可、可是，有、有、有鬼……」

「誰是大嬸啊！我才二十幾歲耶（註：鬼怪與大嬸日文音近）！」

「我、我又沒那樣說！是鬧鬼了啦！」

話講到一半，千尋露出掃興的表情。

「我、我是說真的啦！像這樣，頭髮長過肩膀，然、然後消失在我隔壁的那個房裡了！」

「啊～～那樣的話，確實不是看錯了。」

千尋果斷地說著。

「咦！這裡會出現嗎？」

「偶爾才會出現啦。１０２號室的赤坂龍之介。」

「……啥？」

「跟神田一樣是一年級生，所以你們要好好相處。我完全忘了他的存在。這麼說來，是有這麼一個叫做赤坂龍之介的學生呢。」

從老師的嘴裡說出了令人驚愕的發言。

「這是老師該說的話嗎！」

「因為我也只看過他三次而已。」

「什麼？」

「赤坂是極度足不出戶的繭居族，入學以來一次也沒去過學校。」

「……真的假的？」

「這樣不是很好嗎？你真是走運啊。才來宿舍沒多久，這麼快就遇到赤坂了。」

「請不要把繭居族學生定位成幸運的妖精！」

「不，真的是很厲害呢。」

千尋一副完全無所謂的樣子。

「您的感想才更厲害吧！」

或者應該說，櫻花莊這個樣子真的不要緊嗎？

「老師不需要想辦法讓他去上學嗎？」

「要是硬逼一個人做不喜歡的事，只會讓他連活下去都覺得厭惡。你連這種事都不懂嗎？」

「原來這是您深思熟慮之後的結果啊。真是抱歉。」

「所以，我在櫻花莊是不工作的喔。因為我覺得很厭惡。」

「原來妳說的不是赤坂，而是在講妳自己啊！」

話雖如此，既然知道還有另一名學生存在，至少就該打聲招呼。

空太移動到１０２號室前出聲叫喚。

「啊，我是一年級的神田空太。從今天開始住在你的隔壁。」

但是，房裡沒有回應。房門當然也沒開。

「……」

沉默令人感到空虛。

「神田，手機。」

千尋伸出手來。

「咦？」

「現在的高中生應該都會有吧？」

「啊，好的。」

照千尋所說，空太回房拿了手機過來。

接著，千尋以紅外線傳送了赤坂龍之介的郵件信箱過來。

「想跟他打招呼的話，就用簡訊吧。」

信箱名單的最上面出現了「赤坂龍之介」。

「那麼，我要去睡覺了。」

千尋大大地打著呵欠，窩回管理人室去了。對於學生這麼晚還沒睡，就這樣無罪釋放好嗎？

算了，剛好是個機會，試著傳個簡訊看看吧。

空太一邊走回房間一邊輸入，在床上坐下來的同時，把簡訊傳送出去。

——我是搬到１０１號室的神田空太，請多指教。

結果，馬上就收到回信。

——龍之介大人現在正在進行聲音壓縮程式，沒辦法回應空太的簡訊喔。剛出生的女僕敬上總覺得寫這文章的人腦筋不太好，回覆了內容莫名其妙的信件。女僕是什麼啊？實在是太多謎團了。龍之介大人，還有聲音壓縮程式，完全搞不懂。

「呃～～這個我應該要怎麼解讀比較好呢？」

空太忍不住歪著腦袋。

所謂的女僕是什麼帳號暱稱，而赤坂龍之介是在網路上假裝成女性的那種傢伙嗎？不過，既然都被知道真實身分是男生，還要偽裝性別、假裝是女生，實在是有些勉強。人會在這種無意義的事情上耗費心力嗎？總覺得應該不會。

既然這樣，把這個當作是龍之介的玩笑應該比較妥當。大概是俏皮的歡迎新人的招呼方式吧。雖然覺得這品味實在是……

——原來赤坂也會開玩笑啊。

——開玩笑是指什麼？女僕可是拚命跟隨著龍之介大人，努力工作喔。女僕敬上

又回應了在不順暢的文句當中，夾雜了工作這種生硬印象的郵件。對手相當厲害。

而且還有些不太協調的感覺。回信異常迅速。空太按下傳送鍵後，兩次都是大約兩秒後就收到回信。明明不是那麼簡短的文章。

不管怎麼想還是搞不懂，姑且繼續回覆。

——不，已經夠了，可以正常地聊天嗎？同樣是一年級生，我們就好好相處吧。或者應該

說，如果你願意跟我好好相處，我會很感激的。我都快要瘋了。

——我很正常地在聊天喔。原來空太是腦袋不好的孩子喔。女僕敬上

——赤坂同學，那個，你可不可以不要用那個語尾詞？會讓人開始不耐煩！

——我不是龍之介大人喔。女僕敬上

——怎麼可能會有這種蠢事！要耍別人也該有個限度！

——女僕不是笨蛋喔。馬上就會變得比空太優秀喔。我會讓空太下跪臣服的喔。女僕敬上

不行了。應付他這種講話的方法，頭都痛了起來。

空太仰躺在床上，讓腦袋稍微休息一下。閉上眼睛一會兒之後，手機收到了簡訊。

來自赤坂龍之介。

——女僕是我所開發的自動郵件回信程式AI。因此，那並不是我。況且最剛開始收到簡訊的時候，你不覺得有異嗎？女僕在收到簡訊不到一秒鐘，就掌握內容，並且即時做出適當的回覆。實現了以人類的處理速度追不上的作業效率，在收到這樣高速回信的時間點，就能判斷對方不是人類。要住在隔壁的房間是你的自由，不過別讓我浪費不必要的時間。以後不要麻煩到我。就這樣。

這是一封與女僕寫的文章完全不同方向、讓人頭痛的郵件。

——一般誰會想到個人的郵件會有自動回信程式運作啊！

——是嗎？也許這確實是我沒注意到。沒想到這世上還存在著連這種事都不知道的人類。抱歉。以上。

「根本就沒有被道歉的感覺！」

住在這裡的人究竟都是怎麼回事？全是些太有個性的人。

外星人學姊、嫌麻煩的老師，除了看似自以為了不起的鄰居以外，還有謎樣的ＡＩ，超乎能理解的範圍了。有辦法暫時在這種地方生活下去嗎？

答案是ＮＯ。

這時，美咲踩著啪噠啪噠的腳步聲，洗完澡回來了。

「讓你久等了，空喵。我們來繼續吧！」

這不是早上五點半該有的高昂情緒，模樣也是剛洗完澡，穿著貼付著肌膚的細肩帶上衣與小短褲，刺激著感官。

多虧如此，空太的腦袋又是洩氣，又是興奮，又是不安，又是絕望，忙碌到一個不行，已經瀕臨爆炸邊緣。

不過，美咲並不理會空太這樣的心境。

「來吧，一決勝負，麵條（註：與「空太」日文音近）！」

「打算稀哩呼嚕地吃掉我嗎！啊～～我受不了了！請離開我的房間！讓我一個人靜一靜！」

「接下來用賽車遊戲一決勝負！」

「……」

「來，快坐下！控制器拿著！來玩吧！」

「我知道了……」

「好～～那麼，要開始了喔～～！」

「上井草學姊不離開的話，我離開就是了！這種地方已經待不下去了！還不如去睡公園！」

爆發出所有不滿的空太，任憑不耐煩的情緒驅使，衝出房間，就這樣從玄關走到外面，一邊發出意義不明的吼叫聲，一邊跑下連接櫻花莊的坡道。腦袋已經幾乎沒在運作，一定是為了避免精神崩壞，所以啟動自衛本能了吧……

4

朝陽逐漸昇起。

坐在兒童公園裡半埋著的輪胎裡，空太茫然望著旭日的模樣。

對於熬夜的眼睛，陽光實在是非常刺眼。

「也沒必要真的跑來公園吧。」

他深深地嘆了口氣。

如同字面上的意思，空太逃避現實了。未來要怎麼辦呢？

跟校長談談，讓自己再回一般宿舍吧。不，只要白貓小光還在，這樣的提案就不可能會被接受。況且，這是自己選擇的。至少該負起最低限度的責任。

所以要回到一般宿舍，必須先找到疼愛小光的溫柔飼主。這點不能妥協。

話雖如此，要在那個櫻花莊生活，並不是太容易。

從沒想到才一天而已，精神就被摧殘到這種程度。雖然不是非常絕對，但總覺得沒辦法以一週或一個月的單位忍受。

「怎麼辦……真的就在這裡野宿嗎？」

不管如何，這點實在是想要避免。

況且，小光跟行李都還放在櫻花莊。

「唉……怎麼辦？」

空太再度嘆息的時候，感覺似乎聽到了貓的叫聲。

不予理會就算了，空太卻仔細傾聽，細心注意地搜尋著氣息。

接著，確實傳來了「喵嗚」的聲音。

是公園的深處。

空太站起身，彷彿被操縱般往發出叫聲的方向移動腳步。在雜草叢生的底端，發現了紙箱。裡面有隻黑色小貓，不安地發出細微的聲音。察覺空太的小貓，睜著圓滾滾的大眼仰望他。

空太立刻用手摀住了臉。

「不，不行。絕對不行啊……」

尋找願意領養小光的人也遇到了困難。為了離開櫻花莊，現在不能再增加貓咪了。

「喵。」

「……」

「喵？」

「……」

「喵……」

「啊～～我知道了啦！」

空太把黑色小貓高高舉到臉的位置。小貓用粗澀的舌頭舔了舔他的手。

「你肚子餓了嗎？」

「喵～～」

「這樣啊。不過，我手上沒有吃的東西。」

空太的肚子也咕嚕叫了。因為一直都在打電動，也沒吃像樣的一餐。好餓，餓到一個不行。

既然如此，也只能回去了。回到那個櫻花莊去。

「……這、這完全只是為了餵貓而已喔。」

沒錯，就是這樣。絕對不是因為已經接受自己成為櫻花莊一份子的關係。

空太如此莫名其妙地辯解，走出公園準備折返回櫻花莊。

回到櫻花莊前的空太，始終無法打開玄關大門。

沒想到離家出走才一個小時就結束了……窩囊也該有個限度吧。

即使查探氣息，建築物裡卻靜悄悄的，聽不到任何聲音。

空太小心翼翼地輕輕打開門，往裡頭探去。

沒有人在。

「好。」

正當空太這麼說時——

「你在幹嘛啊？」

從後面被拍了肩膀。

「嗚哇啊啊！」

「空太也是早上才回來嗎？」

轉過頭的空太看到的是仁。仁正大大地打著呵欠，半閉的眼睛看來很睏的樣子。

「留美小姐始終不讓我睡啊。」

「這、這樣啊。」

仔細一看，仁的脖子上還留有紅印。就是所謂的吻痕吧。

「仁、仁學長有女朋友啊？」

「有啊。」

「真、真是成熟啊。」

「有四個女朋友。」

「啊？」

似乎很乾脆地說出不尋常的數字。

「四、四個人嗎？」

「幹嘛啊？我看起來像是有五個或六個女朋友嗎？你還真是都在想過分的事啊。」

「不、不是的！咦？有四個女朋友已經很奇怪了，所以我剛剛的反應沒錯吧？」

「空太還真是有趣啊。」

看來似乎是被調侃了。仁雖然看起來很一般，不過卻有種無法捉摸的感覺。而且還有四位女朋友……不愧是住在櫻花莊的人，完全不正常，一點也不普通。

「話說，那個可愛的孩子是？」

仁從剛才就一直盯著空太懷裡的黑貓。

「剛才在公園裡撿到的。」

「喔～～名字是？」

「我打算叫牠希望。」

「要是撿到第三隻，就是木靈了呢。」

仁開懷大笑著打開玄關的門，走進櫻花莊。空太跟在後面，也跨上了玄關。

「沒有下一隻了！我會馬上找到小光跟希望的飼主，然後離開櫻花莊的。」

「算了，你就好好加油吧。」

看著仁有些樂在其中的態度，空太忍不住覺得他是不是已經知道了自己的未來。不過，當然不可能有這樣的事。

仁往走廊移動，空太決定先回房裡。反正現在也正好是小光肚子餓的時候，乾脆一起餵食。

空太這麼想著，打開１０１號室房門的瞬間，響起了拉砲的聲音。受到驚嚇的希望從空太懷中跳了出去，空太則被紙帶與紙花包圍。

「什、什麼？」

「歡迎來到櫻花莊！」

美咲帶著滿面的笑容迎接自己。

房裡裝飾著豪華的燈飾，幾乎讓人誤以為是聖誕節。折疊收納式的書桌上，咕嘟咕嘟地煮著與季節不搭調的火鍋。老實說，實在很熱。

「這是什麼？」

空太只能目瞪口呆。

「如同你所看到的，是空太的歡迎會啊。」

雖然仁從後面如此說明，不過還是覺得莫名其妙。記得說是明天才辦，雖然已經過了一天，不過現在是早上六點。

「美咲不聽勸，硬要先辦啊。」

這時仁打了呵欠。說不定是因為這個，仁才會在這個時間回來。話說回來，這種時間還在外面遊蕩的行為，本身就不健全……

至於美咲，則是一個人很起勁地唱著謎樣的歡迎歌曲，完全搞不清楚歌詞的內容。不過至少可以理解，美咲為了空太而炒熱氣氛的這一點。

「美咲一直在期待有新的學生搬進來。」

仁推著空太的背，附耳低語。

「像這個房間也是，為了不管何時誰來住都沒問題，她總是一個人在打掃。」

所以才會那麼乾淨嗎？

「總之，就是這麼一回事，你就死心，準備好好被歡迎吧。」

空太自然而然被帶到主賓的上座。

一靠近火鍋，熱氣真不是蓋的。

「來、來，學弟，快坐下，快坐下！」

不知什麼事這麼開心，美咲心情非常好。

「……啊，就用這個吧。」

「嗯？」

「我是說綽號。請叫我『學弟』吧，上井草學姊。」

這是目前為止最正經的一個。

「我知道了，學弟！你也直接叫我的名字就好了。畢竟我跟學弟已經是這樣的交情了。」

完全搞不懂是什麼樣的交情。

「那麼，叫上井草學姊太長了，我就稱呼美咲學姊。」

這時，空太在坐墊上坐下。

仁也在美咲旁邊坐了下來。

「來吧，開始學弟的歡迎會了！」

「那個，為什麼是吃火鍋？」

夏天裡吃火鍋，根本就是忍耐大會。

「櫻花莊的歡迎會一定要吃火鍋。」

「就算是這樣，現在可是一大清早耶？」

實在是太亂來了，從沒聽過這樣的事。不過不可思議的，一知道自己受到歡迎，便不會感到不愉快。總覺得已經超越了常識而令人覺得好笑了。回過神的時候，空太已經露出笑容。這種情況實在不尋常，所以也只能笑了。

「有種會跟空太長久相處下去的感覺。」

一直看著空太的仁，說了如此不吉利的話。

「請、請不要開玩笑了。我馬上就會離開櫻花莊的。暑假前一定會離開。」

空太如此強而有力的宣言，中途就被美咲的高昂情緒給輕易蓋過。

「來～～學弟，乾～～杯！」

不僅如此——

「啊，對了！我們來拍照吧！」

美咲如此說著，不待回應就跑出房間去。

幾分鐘後，空太、美咲、仁與千尋集合在櫻花莊玄關前。龍之介缺席。

把門當作三腳架使用，仁設定數位相機的計時器。

「不用管赤坂嗎？」

「沒問題的，之後我會用PHOTOSHOP加上去的！」

「不，不用為了把他放上去而做到這種地步……」

「那麼，要拍了喔。」

仁出聲提醒，回到鏡頭裡。

站在空太與仁之間的美咲，抓住兩人的手往自己拉近。這一瞬間，快門啪嚓地自動按下。

空太就這樣不著邊際地開始了在櫻花莊第二天的生活。

5

令人懷念的紀念照中，剛睡醒的千尋打著哈欠；美咲拉著空太與仁的手臂，露出滿面笑容；仁則是一臉滿不在乎的神情。空太因為突然被抓住，被美咲嚇了一跳，一副張著嘴的窩囊表情。

照片的左上角，就像拍畢業團體照當天缺席的學生一樣，追加了龍之介的照片。這麼做的人當然就是美咲。

從那天起，已經過了一年半。

在照片中央的空太，還帶著天真的模樣，就連從以前就被認為很成熟的仁，看起來也比較小，而這點美咲也一樣，感覺沒變的就只有千尋而已。

「空太，好可愛。」

真白探頭過來看著空太手中的照片。

「要、要妳管！」

如同那天的相遇一般，空太等人離別的日子很快即將來臨。到了明天，一月也結束了。

能夠與三月就要畢業的三年級生一起度過的日子，只剩下一個多月……

一想到這裡，姑且不論言語或事實，只覺得心中難過了起來。

雖然早就知道會有這麼一天，但至今總是告訴自己那還很遙遠，可以視而不見。到了這個時期，就沒辦法這麼說了。每當早晨來臨，就會意識到那個日子逐漸逼近，忍不住會去想這個無可逃避的日子的到來。

「空太。」

「嗯？」

「我想拍照。」

「咦？」

「想跟大家拍照。」

「說的也是。」

從那時起，櫻花莊就變得越來越熱鬧。春天真白來到這裡，夏天連空太的同班同學青山七海也搬來櫻花莊。六個房間都住滿了。

所以一定能拍出最棒的照片，拍出裝了大家滿滿回憶的珍貴照片……

「美咲學姊跟仁學長畢業前一定要來拍照。」

「嗯……」

不過，現在還沒辦法那麼做。因為從去年的聖誕夜開始，仁就沒再回到櫻花莊了。美咲與仁之間的關係仍然很僵……

這些事只要全都漂亮地解決就好了。

想要不在意多餘的事，迎接畢業典禮。

只是純粹想祝福美咲與仁畢業。

帶著對於一起度過的日子感謝的心情，如同平常的櫻花莊，像笨蛋一樣歡笑著。空太打從心底期望這個日子的到來。

後記

我是出生至今從來沒適合戴帽子過的鴨志田一。

既然這樣，其實不要戴帽子就好了。不過最近太陽似乎意氣風發，讓人不禁感到自身危險，出於自衛而想戴帽子了。

因為這樣的緣故，這幾年幾乎每一年都幹勁十足，想著「今年一定要戴帽子！」而去店裡看看……結果不用說，當然是慘敗。因為，就是不適合嘛。帽子這玩意兒的難度怎麼會這麼高呢？

不過，今年可不一樣了。是的，我終於辦到了，我買了帽子。與帽子漫長的戰役，終於畫下了休止符。

勝因只有一個。

我發現了，就算不適合也不要在意。

可有可無的話題拖太長了。本次正如同讀者所看到的，是短篇集。因為是第一次的機會，所以就對各篇評論一下吧。

〈神田空太日常的一天〉

寫這篇的時候，大概是在第二集之後吧。值得紀念的第一篇短篇。

〈三鷹仁邁向成人的階梯〉

其實這一篇某個場景與刊載在《電擊文庫MAGAZINE》上的短篇，在表現上大大不同。更正確地說，是仁與留美的對話場面。他們兩人所進行的對話或故事的內容雖然相同，但不同之處在於進行交談的情景是直接或間接的。

這次收錄的是直接表現的版本。原本這個是原作，而刊載在《電擊文庫MAGAZINE》上的，則是事後修正過的版本。

兩種都看過的讀者，不知道比較喜歡哪一個呢？

〈青山七海少女的聖誕節〉

關於這篇的內容，希望讀者先徹底遺忘是由一個年過三十的大叔所寫的，之後再來閱讀。

〈另一個聖誕夜〉

原本就是為了描寫仁與美咲決定性的場面而誕生的短篇……但因為組織及長度的關係，結果變成了全員登場的新作品了。

〈住了就是好地方的櫻花莊？〉

總覺得一定要寫空太初次到櫻花莊時的插曲，能夠變成這樣的形式，只覺得實在太開心了。

就是這種感覺的五個短篇。如果下次還有機會，希望能寫個內容更輕浮的短篇。

最後，承蒙溝口ケージ老師與責編荒木大大的照顧。希望今後也能借重兩位的力量。

還有，對於陪伴我們直到後記的各位讀者，謹致上最深的謝意。

希望下次能在今年內再會。

鴨志田一

國家圖書館出版品預行編目資料

櫻花莊的寵物女孩5.5 / 鴨志田一作 ; 一二三譯. -- 初版. -- 臺北市 : 臺灣國際角川, 2012.05
面 ;　公分. -- (Kadokawa fantastic novels)
譯自 : さくら荘のペットな彼女 5.5

ISBN 978-986-287-699-2(平裝)

861.57　　101006481

Kadokawa
Fantastic
Novels

櫻花莊的寵物女孩 5.5

（原著名：さくら荘のペットな彼女 5.5）

2012年6月13日 初版第1刷發行
2023年10月16日 初版第12刷發行

作者：鴨志田 一
插畫：溝口ケージ
日版設計：T
譯者：一二三

發行人：岩崎剛人
總編輯：蔡佩芬
編輯：孫千棻
美術設計：吳佳昫
印務：李明修（主任）、張加恩（主任）、張凱棋

發行所：台灣角川股份有限公司
地址：104台北市中山區松江路223號3樓
電話：（02）2515-3000
傳真：（02）2515-0033
網址：www.kadokawa.com.tw
劃撥帳戶：台灣角川股份有限公司
劃撥帳號：19487412
法律顧問：有澤法律事務所
製版：巨茂科技印刷有限公司
ISBN：978-986-287-699-2

※版權所有，未經許可，不許轉載。
※本書如有破損、裝訂錯誤，請持購買憑證回原購買處或連同憑證寄回出版社更換。

©Hajime Kamoshida 2011
Edited by 電撃文庫
First published in 2011 by KADOKAWA CORPORATION, Tokyo.
Chinese translation rights arranged with KADOKAWA CORPORATION, Tokyo.